# 租友

丁力 著

RENT
A
FRIEND

中国言实出版社

图书在版编目（CIP）数据

租友 / 丁力著. -- 北京：中国言实出版社，2018.7
ISBN 978-7-5171-2876-2

Ⅰ.①租… Ⅱ.①丁… Ⅲ.①长篇小说—中国—当代
Ⅳ.①I247.5

中国版本图书馆CIP数据核字(2018)第170882号


出 版 人：王昕朋
总 监 制：朱艳华
出版统筹：李满意
责任编辑：葛瑞娟
文字编辑：赵　歌
装帧设计：▣闽江文化
责任印制：佟贵兆


**出版发行** 中国言实出版社
　　地　　址：北京市朝阳区北苑路180号加利大厦5号楼105室
　　邮　　编：100101
　　编 辑 部：北京市海淀区北太平庄路甲1号
　　邮　　编：100088
　　电　　话：64924853（总编室）64924716（发行部）
　　网　　址：www.zgyscbs.cn
　　E-mail：zgyscbs@263.net
**经　　销** 新华书店
**印　　刷** 北京温林源印刷有限公司
**版　　次** 2018年7月第1版　　2018年7月第1次印刷
**规　　格** 710毫米×1000毫米　　1/16　　14.5印张
**字　　数** 200千字
**定　　价** 45.00元　　ISBN 978-7-5171-2876-2

# 1

## 租　友　启　事

丁先生，中年男士，各方面正常，有一定经济基础，欲租女友一名。要求对方：年龄35岁以下，大学本科以上学历，未婚或离异，其他方面正常，最好是欲来深圳发展的女士。租友期间，男方提供女方食住和基本的日常开销，不干预女方的事业和感情发展，男女双方都不承诺与对方最终步入婚姻殿堂，也不排斥双方成为终身伴侣的可能性，一切随缘。租友期间，男女双方均有权提出终止租友关系，但必须提前十天告知对方。若男方主动提出终止关系，除了履行提前十天告知义务外，另支付女方两个月的生活费；若男方提出立刻终止关系（要求女方立刻离开其住所），则按每日300元人民币标准追加赔偿女方十天的宾馆住宿费。

**本人QQ号：×××**

因为认真，丁友刚先后写了两稿，并且每写完一稿之后，强迫自己冷静一天，第二天再修改。这已是第三稿。

事不过三，丁友刚不打算无休止地修改下去。这种所谓的"启事"，本来就是无厘头的玩意，无论怎么修改，都不可能完美，好比一个原本不标志的女人，无论怎么涂脂抹粉，也整不出西施貂蝉的风采，还说不定越化妆越难看。就说文中的"中年男士"吧，就有弄虚作假的嫌疑。丁友刚其实50多岁了，冒充"中年"实在可耻，但如果不说中年，难道说"老年男士"？不说把人吓跑了吧，"老年"还大张旗鼓地"租友"不是恬不知耻、为老不尊？再说其中"要求女方立刻离开其住所"的表述，也显得生硬，也似画蛇添足，本来应该删除的，可如果删除，万一相处几日之后，发现对方身上有丁友刚完全不能接受的怪癖，看着就难受，待在一起受不了，怎么办？当然只能立刻请她离开，为此，承担一定的经济损失是应该的，也是值得的。

这么想着，丁友刚脑袋一热，把"启事"挂在了网上。

帖子发上去之后，电脑的右下角很快就有小喇叭闪现，显示有人要加他。丁友刚有些紧张，准确地说是有点激动，他没想到这么快就有人回应。他略微镇定了一下，决定来者不拒，马上点击"接受"，并且在成为"好友"之后，不是点击"完成"，而是直接点击"发起对话"，输入"你好"。不过，对方虽然主动加了他，但收到"你好"的问候后，并没有立刻回应，警惕性很高，仿佛一旦回应，就陷入了某种圈套。丁友刚对此见怪不怪，如今现实生活中骗子实在太多，何况虚拟世界。他的策略是广撒网，相信一定会有人回应的。

第一个回应者网名叫"糊涂娃"，试探性地回应了"你好"。

丁友刚有些兴奋，马上回复：你好！谢谢你加我。

糊涂娃：不用谢，无聊，反正闲着也是闲着。

丁友刚：你应该很年轻吧，怎么会无聊呢？

糊涂娃：不年轻了，奔三了，还没有工作。

丁友刚：也没有爱人？

糊涂娃：是不是"爱人"不敢说，但有老公。

丁友刚立刻失去了兴趣，因为根本没打算"租"有夫之妇，于是不与她浪费时间，把"糊涂娃"晾在一边，赶紧与下一个对话。

## 2

丁友刚不是在玩情感游戏，他是认真的。他不年轻了，能想出这个法子，实在是被逼无奈。

丁友刚 20 世纪 80 年代毕业于中科院系统的青海盐湖研究所，理学硕士。这是他在深圳的立身之本。尽管后来的博士甚至博士后满天飞，丁友刚却不屑一顾，认为只有自己的学历才是最正宗的。不过，关于该学历的来历，多少有些不光彩。

丁友刚 1975 年从皖城上山下乡到大别山，从大别山考上中南化工专科学校，之后考上中科院系统的研究生，在青海工作一段时间后，去深圳一家公司工作。单位被私人老板收购，条件之一是人员分流，最简单的办法是让年纪大的职工退休。到了退休年龄的自然不用说，没到退休年龄但工龄达到 30 年的也退，如此，丁友刚被圈在了范围之内，50 刚出头，就"被"退休了。

丁友刚上山下乡大约两年半的时光，国家恢复高考，按照当时的情景，如果报考文科，丁友刚能上本省的本科，如师范学院或劳动大学之类，如果报考理工科，能上全国招生的专科。彼时，受国家大力宣传陈景润和叶帅"科学有险阻，苦战能过关"的影响，丁友刚感觉上理工科更光荣，也更能彰显自己的"水平"，相反，对本科和专科的区别反而不是很介意，以为差不多，不都是"大学"嘛，遂报考了中南化工专科学校。但是，等大学毕业分配到单位工作后，才日益感到专科与本科的巨大差别，而且这种感觉越来越强烈。他没想到都是"大学"，差别居然这么大。别的不说，就说与他同宿舍的钱善乐，除了学历是本科之外，哪方面都不如他，大学毕业时间比丁友刚迟，却在丁友刚之前评上了中级职称。丁友刚不服气，但不服气不行，谁让你不是本科的？痛定思痛，丁友刚决定报考研究生。你们不是讲学历吗？老子直接考上研究生，比你们本科还本科，看你怎么说。

丁友刚是学化工的，按照专业基本对口原则，第一年报考中国科学院大连化学物理研究所。他感觉复习得很好了，临场发挥也没出大的差错，却没考上，五门考试科目中，只有时事政治没及格，而这门功课恰恰被他认为是最简单的，没怎么准备，如果重视，死记硬背一番，肯定能过，说不定能拿高分。所以，他决定再考。复习半年后，偶尔获悉，即使去年时事政治及格，也未必能被录取，因为报考大连化学物理研究所的人比较多，所以即使他每门功课都及格，也要复试，换句话说，还要优中选优，刷掉一些人。丁友刚的大专学历可经不起"刷"呀。

经打听，同样的成绩，若报考同属中国科学院系统的青海盐湖研究所，录取概率则大得多。道理不用说，肯定是柴达木盆地条件艰苦，考生不愿意去，所以报考的人少，只要及格了，基本上就能录取。

丁友刚当时想改变学历的迫切愿望超越了对艰苦环境的估计与担心。再说，不能再等了。报考研究生要单位同意，单位不可能让他没完没了地每年都考。所以，今年一定要考上。只要能考上，哪里顾得上条件艰苦。再说，青海也不是无人区，那么多人都能生活，偏偏他就不行吗？丁友刚相信，倘若中科院的科研人员在那里都没办法生存，其他人更是活不下去了，既然那么多人都能在青海活得好好的，他就应该没事。于是，丁友刚义无反顾报考了中科院青海盐湖研究所。

不是看重学历吗？丁友刚投其所好。好在中国科学技术大学就在安徽，他想办法弄到了该校的信笺，用带有"中国科学技术大学"抬头的信笺给导师写信，了解盐湖研究所的情况，请教相关的问题。

这不算欺骗，也欺骗不了，等正式报名的时候，哪个学校什么专业毕业的一清二楚，中国科学技术大学，彼时差不多和清华、北大一样牛，不是想冒充就能冒充的。但他相信先入为主的道理，要是一开始就让导师了解自己是大专学历，可能连回信的兴趣都没有，丁友刚根本没办法与导师建立联系培养感情，那不黄了？所以，丁友刚选择用中国科学技术大学的信笺给导师写信，却并没有声称自己是科技大学毕业的，至于导师看了信之后，误以为他是中国科技大学毕业的，对他热情，那就是导师自己的事情了。

在隐瞒学历问题上，丁友刚耍了一个小滑头，似不厚道，但效果不错。

果然，导师接到丁友刚用"中国科学技术大学"信笺写来的信之后，非常热情，立刻给丁友刚写了整整三页纸的回信，详细介绍了本所的情况，以及他所执掌的研究方向的美好前景。丁友刚仔细阅读数遍，充分消化领会之后，再次提笔，除了表达自己对盐湖研究重要性的理解和对导师执掌的研究方向感兴趣之外，还写了诸如"听君一席话，胜读十年书"，以及"获益匪浅"和打算"一辈子从事盐湖研究"的雄心壮志。末了，特意从当年上山下乡的大别山搞来两斤高山野茶寄过去。导师收到礼物后，很高兴，不过导师本人也断然不是那种喜欢占学生便宜的人，作为回礼，导师给丁友刚寄来若干复习资料和青海特产冬虫夏草。丁友刚当时对冬虫夏草还不是很了解，但他相信这是贵重的东西，很想找些更贵重的东西再给导师寄去，但想了半天，实在想不出送什么好，于是灵机一动，跑到图书馆，查阅了相关的书籍资料，对导师本人进行一番研究，然后，再给导师写了一封信，大谈导师的著作和学术成就，这就让导师非常受用并对丁友刚高看一眼。虽然还没有报考，一来二去，丁友刚与导师之间已经建立了初步的友谊，等到正式报考后，丁友刚特别注重了时事政治的复习，加上导师的指点，专业课考了高分，总成绩自然超过去年。或许，导师在获悉丁友刚原来只是大专学历的时候有些失望，但抵不过他的考试高分和二人之间已经建立起来的情谊，于是，丁友刚如愿以偿地考上了中科院青海盐湖研究所的硕士研究生。

第一年没有觉得艰苦，中科院系统的新生头一年在北京玉泉路军博后面中科院研究生院集中学习，丁友刚和大连化学物理研究所的考生成为同窗，一打听，对方的考分居然不如自己，当即有一种吃了亏的懊恼，早知如此，自己报考大连所说不定也能录取。但是，天下没有后悔药，谁让自己的第一学历是专科呢。

第二年开始接触专业知识，回到各自的研究所接受导师的专业辅导，但丁友刚主要在西宁，偶尔深入盐湖，竟然丝毫没有艰苦的感觉，倒是那里的烟波浩渺和单调的景色给他留下了纯洁唯美的印象。况且，野外补助和高原补贴数额不菲，在当时，这笔钱非常可观，渐渐地，他也就忘记"吃亏"了。

丁友刚与导师女儿的事情也顺理成章。

因为之前有交往，丁友刚到盐湖所报到的时候，首先没去研究生处，而是直接找到导师家。当然，他没有空手去，但丝毫没有"送礼"的感觉，像是把导师当成自己的亲戚，作为晚辈，千里迢迢，带点礼物属于人之常情。导师也没把丁友刚当外人，特别是师母，也是安徽人，当初导师收到丁友刚寄来的茶叶时，师母就闻见了故乡的味道，现在见小伙子一表人才，说话得体，处事得当，自然更是喜欢，背后对导师说："看，还是我们安徽人礼数周到。"师母还让自己的女儿菁菁向丁友刚学习。说丁友刚是大专生，你也是大专生，看，人家丁友刚不是考上研究生了吗？你也应该努力。

虽然都是大专生，但丁友刚并未将自己与导师的千金视为同类。丁友刚是恢复高考之后的第一届，按他当时的成绩，如果上本科也完全可以。而菁菁则因为高考分数不够，上不了大学，甚至也上不了全日制大专，不得不上了广播电视大学，虽然最终也获得了国家承认的大专学历，但与丁友刚恢复高考后第一届全日制大专生的整体水平和思想格局差别不小。

尽管如此，丁友刚对菁菁并不反感，相反，被一个比自己年轻几岁的异性当作学习的榜样，感觉相当不错。况且，她还是导师的独宝女儿呢。最终，他们似乎顺理成章地成为了夫妻。

婚后的生活还算甜蜜。妻子菁菁虽然不是十分漂亮，但也不难看，慢慢看，能看出知识分子家庭培养出来的特殊气质和品位。虽然不是全日制大学毕业，却也在研究所资料室谋到了一份稳定而体面的工作。婚后，两个人算是研究所的双职工，分房子有照顾，比那些找了外单位妻子的师兄师弟优越。他们很快有了儿子，与导师兼岳父家保持密切的联系，相互照应，小日子过得不错。

可惜，好景不长，一次深圳出差，丁友刚看到了差距。他忽然觉得青海那地方太偏僻了，研究所的工作太枯燥了。关键是，从自己的导师兼岳父身上，丁友刚已经看清楚自己的未来。难道这就是自己想要的生活吗？这里就是自己打算一辈子生活和奋斗的地方吗？导师兼岳父的今天，就是自己终生追求的目标吗？丁友刚来青海几年，也结识了一些在西宁工作的安徽老乡，其中有一个也是皖城人，并且也姓丁，仔细排家谱，俩人还是同宗同族，所以交往甚密。给丁友刚的印象是，这几年，在西宁的安徽老乡们所做的最重要的一件事情就是千方百计地调回老家，这个月成功一个，过两个月又成功一个，远房本家甚至直言不讳地问丁友刚：都改革开放了，你放着好好的江南化工厂技术员不做，干吗千辛万苦把自己折腾到青海来？丁友刚心里想，岂止是技术员，我是助理工程师，如果不走，早定工程师了，当上副厂长也说不定，与自己同宿舍的钱善乐，不就已经是副厂长了吗？而那小子，各方面并不比我强。丁友刚想，即使自己没有报考研究生，就在化工厂好好做，做到现在，虽然不一定也能当上副厂长，起码也定了工程师职称，也是混上了中层干部，比如车间主任或分厂厂长什么的，可眼下在研究所，也仅仅是助理研究员，同样中级职称，却连个屁大的职位都没有，估计永远也不会有，有了也不会比在厂里威风。

尽管如此，丁友刚也没打算再回江南化工厂。别说好马不吃回头草，就是一想到在室友钱善乐手下做事，丁友刚也不想回去。要走，就去深圳。

# 3

此时丁友刚正在电脑前忙碌。

第二个回应者网名叫"带刺的玫瑰",丁友刚输入：不好意思，刚才有点忙。

带刺的玫瑰：理解。一定应接不暇吧？

丁友刚：也不是。只有你们两个回应。你在后，她在先，所以刚才先与她对话。

带刺的玫瑰：理解，先来后到嘛。你还是先和她说吧。

丁友刚：已经结束了。

带刺的玫瑰：这么快？太轻率了吧？

丁友刚：我不轻率。是她轻率。

带刺的玫瑰：哦？怎么说？

丁友刚：她有老公了。

带刺的玫瑰：哦，我也有老公了。

丁友刚给了一个不可思议的表情，打算像对待"糊涂娃"一样，立刻结束对话，等待第三个"好友"的出现。但"带刺的玫瑰"马上又加了一句：不过，已经离婚了。

丁友刚给了一个轻松的表情。他挺希望是这样的。本来就没打算找未婚的。于是问：有孩子吗？

带刺的玫瑰：有。

丁友刚：几个？

带刺的玫瑰：问那么仔细干什么？你打算帮我养孩子吗？

丁友刚：可以啊，如果我能接受你，当然就同时接受你孩子。

带刺的玫瑰：干吗等你"接受"我？我是不是"接受"你还不一定呢。

丁友刚：是是是，你说得对，你接受我，你接受我，我还等你接受呢。

带刺的玫瑰：这还差不多。说，你自己几个孩子？是男孩还是女孩？多大了？做什么的？

语气虽然"带刺"，丁友刚并不生气，相反，他发现自己的"租友启事"有漏洞，居然没说自己孩子的情况。"带刺的玫瑰"虽然口气不客气，但逻辑没有错，于是丁友刚赶快补充说明：儿子，半个，在北京上大学，大三了。

带刺的玫瑰：半个？

丁友刚：是。只能说半个。儿子判给前妻了，如今与我联系很少，关系很淡，几乎无话可说，给钱都换不来他一个问候的电话。

带刺的玫瑰：活该！肯定是你当年在深圳风流，狠心地抛弃他们母子，坏事做多了，报应。

丁友刚承认是报应，但他不承认是自己坏事做多了，于是忍不住争辩：不是你想的这样。

带刺的玫瑰：那是怎么样？

丁友刚：当年我们在西北，后来我来深圳发展了，她不愿意跟着来，不得不友好分手了。

带刺的玫瑰：分手还有"友好"的？

丁友刚：确实比较友好。没吵没闹没上吊。

带刺的玫瑰：那是因为你老婆善良。

丁友刚：是是是，她确实善良。

带刺的玫瑰：善良害死人呀。

丁友刚给出一个一头雾水的表情。

带刺的玫瑰：不明白？

丁友刚：请指教。

带刺的玫瑰：如果她当年又吵又闹又上吊，没准你们就不离婚了。

丁友刚一想，还真是。

带刺的玫瑰：后悔了吧？

丁友刚：确实有点后悔。

带刺的玫瑰：活该！

确实活该，丁友刚心里承认，但现在不是讨论后悔的时候，要说后悔，自己早就后悔过了，但后悔有用吗？如果有用，那该后悔的事情多着呢。最大的后悔是恢复高考那年，宁可上本省的大专，哪怕上劳动大学，也不上外省的本科。其次是就在江南化工厂一边工作，一边通过函授实现"专转本"也是可以的，还能攻读硕士学位。第三……

丁友刚感觉"带刺的玫瑰"虽然说得有道理，但不合时宜，确实"带刺"，太"带刺"，或许令人尊敬，但确实不讨人喜欢，跟这样的"玫瑰"一起生活，肯定天天添堵。

这时候，荧屏下角的小灯又闪烁起来，又有人要加他了，丁友刚立刻把"带刺的玫瑰"放在一边，点击添加第三个"好友"。

（4）

深圳特区精细化工有限公司向丁友刚伸出了橄榄枝。

条件是诱人的。

他们请丁友刚担任总工程师，享受公司副总待遇。车子、房子、票子一切都好说。万一研究所卡住档案不放，没关系，这边可以帮他重新建立人事档案，依然按照特区人才引进政策办理干部调动手续，解决深圳户口，这叫特事特办。

丁友刚没敢跟岳父商量，他甚至没敢对老婆说，而是先找到他那个同宗同族的本家老乡。

对方没听丁友刚说完，就喊起来："这样的好条件你还不去？换上我，别说是当总工程师，就是看大门，只要能离开这鬼地方，我也去。"

老乡说话有些夸张，但深圳的气候肯定比青海好，总工程师的职位对丁友刚也有一定的吸引力。丁友刚算了一笔账，按最坏的情况，即便深圳的单位不如研究所稳定，去了之后没干上几年，比如五年之后单位效益不行了，黄了，自己也不吃亏，因为，自己在深圳五年的收入，超过在研究所一辈子的工资。况且，相反的情况也有可能，几年之后，特区精细化工有限公司不仅没垮，反而发达了，上市了，自己不但总工程师的位置保住了，并且更上一层楼，当上总经理或董事长，或者按照职工持股计划拥有若干原始股，成为"富翁"，谁敢说完全不可能？当然，最大的可能是企业既没有上市，也没有倒闭，而是平稳发展，自己在深圳的一家国营企业做一辈子总工程师，不是比在研究所辛苦一辈子，临退休了熬成一个研究员更划算？

丁友刚此时才向菁菁透露，说深圳的一家企业要借用他，他想去。

这也不是丁友刚有意对老婆说谎，确实是"借用"。他跟对方说好了，先借用，借用就是试用，企业对他试用，他也对企业试用，双方都有一个相互了解的过程，合作得好了，再考虑正式调动的问题，合作得不好，重新回研究所。

既然是"借用"，老婆当然不反对，增长见识，还顺便创收，有什么不好？即使不被借用，在研究所，丁友刚不也是经常出差嘛。

深圳这边给研究所正式发函，说为了"适应改革开放的需要"，为了"让科学技术尽快转化为直接生产力"，深圳特区精细化工有限公司打算与中科院青海盐湖研究所谋求合作，作为合作的第一步，先借用贵所丁友刚硕士，借用期间，研究所可以停发丁友刚的工资，丁友刚的工资和差旅补助等一切费用由深圳特区精细化工有限公司发放。

有"改革"和"转化生产力"两顶高帽子扣着，研究所领导自然不会反对，而且，他们很开明，不仅同意借用，甚至也没有停发丁友刚的工资。可能是所里的领导见丁友刚的老婆、孩子、岳父岳母都在研究所吧，根本没想到丁友刚会一去不复返，或者作为事业单位，停发职工工资反而更加麻烦。

丁友刚也确实如岳母所说，很懂"礼数"，他主动对室主任说：工资领了之后分给大家。主任说："不妥吧？"丁友刚说："有什么不妥？我走了，但课题不能耽误，工作是大家帮我分担的，工资分给大家理所应当。"

就这样，丁友刚离开研究所多年，单位一直保留着他的工资。换句话说，他仍然是研究所的人，还随时能够回来上班。可他最终并没有回来。

# 5

第三个回应者叫"女妖"。丁友刚同样敲出：你好！

女妖：你好！

丁友刚：谢谢你的回应。

女妖：你是认真的还是玩创意？

丁友刚：是玩创意，也是认真的。

女妖：有鱼没鱼撒一网？

丁友刚给了一个哈哈大笑的表情，说：碰碰运气。

女妖：哪方面的运气？艳遇吗？

丁友刚略微想了一下，回复：不排除，但这不是主要的。

女妖：主要是什么？

丁友刚：寻求真爱。

女妖：你相信这世界上有真爱？

丁友刚：绝对相信。

女妖：凭什么？

丁友刚：我经历过。

女妖：是吗？

丁友刚：是的。

女妖：说说看。

丁友刚：说什么？这个话题很长啊。

女妖：就说你当时的感受。

丁友刚稍微停顿了一下，回忆当初的感受，然后敲出：为了引起她的注意，我甚至想到去死。

女妖：啊？怎么会这么想？！

丁友刚：因为另一个知青死了，她哭得非常伤心。

女妖：知青？

丁友刚："知识青年"，当初都这么叫。城市中学毕业的年轻人，响应政府号召，上山下乡到农村去，被称为"知识青年"，简称"知青"。

女妖：哦，明白了。电视剧上演过。感觉很好玩的。

丁友刚给了一个不可理喻的表情。

女妖：不是吗？

丁友刚：但当初的心情不一样。当时农村条件很差，要在那里生活一辈子，成为真正的农村人，对我们来说并不好玩，所以，不少知青都想早日离开农村，回到城市。

女妖：城市就这么好？

丁友刚：相对而言吧。当时的城市在各方面都比农村好。不是好一点，而是好许多。比如物质保障和文化生活，还比如卫生条件，你能想象没有厕所和没办法洗澡的生活吗？

女妖给了一个可怕的表情，同时问：后来呢？

丁友刚：后来国家恢复高考，我考大学走了呀。

女妖：我不是问这个。

丁友刚：那你问什么？

女妖：你说另一个知青死了，她哭得很伤心。

丁友刚：啊，是。她哭得非常伤心。我现在还记得当时她哭的样子。

女妖：她爱那个知青？

丁友刚：不知道。好像不是。至少之前我们没看出来。

女妖：那就是她很善良。

丁友刚：可能吧。

女妖：因此打动了你？

丁友刚：也不是。之前我就天天想她。

女妖：想和她做爱？

丁友刚：不是不是，绝对不是。

女妖：那是想和她做什么？

丁友刚回忆了一下，回复：想和她一起进城，想帮她提水，想让她吃我从家里带来的咸鸭蛋，想让其他人背后议论我们是一对……

女妖：没有想着拥抱、抚摸、接吻、做爱？

丁友刚努力回忆了一下，回复：没有。

女妖：你肯定？

丁友刚：肯定。

女妖：那不是爱情。

丁友刚：那是什么？

女妖：是性启蒙意识。

丁友刚：性启蒙意识？

女妖：对。

丁友刚：但我感觉那是真正的爱情。

女妖：即便是，你现在也不可能找回这种"真正的爱情"了。

丁友刚：为什么？

女妖：因为你早已过了"真正爱情"的年龄。

丁友刚：你是说，只有在性启蒙的年龄段，才有真正的爱情？

女妖：青春是一个短暂的美梦，当你醒来时，它早已消失无踪。

丁友刚：你这句话像诗。

女妖：莎士比亚的名言。

丁友刚：哦，难怪。但我相信真爱。

女妖：是你渴望真爱吧？

丁友刚：或许。你说得对，是我渴望真爱。

女妖：缺什么想什么。你大概不差钱吧。

丁友刚：是，不差钱。

女妖：你也不缺社会地位吧？

丁友刚略微思考了一下，回复：说"社会地位"不准确，是"社会尊重"吧。

女妖：一样。你不要咬文嚼字。

丁友刚：好。接受批评。

女妖：你也不缺少性？

丁友刚稍微停顿了一下，回复：应该是吧。

女妖：什么叫"应该是"？

丁友刚：就是说假如我想要，就能得到。

女妖：那还是不缺嘛。

丁友刚：是。

女妖：但你缺少爱。

丁友刚：是。非常渴望。

女妖：忙。下了。

丁友刚还没有反应过来，对方已经下了。

丁友刚微微愕了一下。他的思维还没有从刚才的对话中出来，还在回想刚才与"女妖"的对话。他觉得蛮有意思。相信对方肯定是个年轻人，要不然不会连"知青"都不知道。又想，"女妖"可能非常年轻，不仅自己没当过知青，而且父母也不是知青，要不然，父母应该对她说过那段难忘的经历。丁友刚甚至在推算，"女妖"的父母应该是在"文化大革命"之后中学毕业的，20 世纪 80 年代中期结婚，那么，"女妖"大概是 20

世纪 80 年代年代后期出生的。当然，这只是"大概"，到底什么情况，他无法确定。说不定，"女妖"比他大也可能。更说不定，她根本就是"他"，网上的事情，谁知道呢。

　　这时候，小喇叭又闪起来，丁友刚来不及多想了，他必须迎接下一个回应者。

# 6

丁友刚一到深圳，总经理就亲自为他接风，而在研究所，所长别说专门请他吃饭了，一年到头连跟所长正经打个招呼问声好的机会都没有。丁友刚心里当即有了对比。

第二天，总经理找到丁友刚，让他开发一种新产品，时间紧迫，立刻动手。

这让丁友刚非常意外。在研究所，要上一个新课题，必须三会四审，弄不好还要上报北京。今年申报的课题，明年能投入运作就不错了。在这里，要开发一个新产品，这么随口一说就立刻动手？

丁友刚把自己的疑问有所保留地对总经理说了。

"哈哈哈哈……"总经理一阵大笑，说，"没那么多规矩。这里是特区，特事特办。现在是市场经济了，市场是随时变化的，商机转瞬即逝，所以，我们的决策也要适应特区的发展，开发新产品一定要快，要当机立断。这样的事情，不需要开会研究了，我们俩商量着办就行了。"

丁友刚听了更加意外。"我们俩商量着办"？不是意味着自己可以取代之前的三会四审了？不是意味着自己能够参与重大决策了？甚至……

丁友刚提醒自己，别当真。千万不要得意，不能见到竹竿就往上爬。

所谓"我们俩商量"应该是一种客气的说法，事实上，是总经理说了算，总理说上就上。不过，"客气"也很重要，在研究所，单位要做出什么重大决定，哪里有他丁友刚说话的份？而在这里，单位一把手毕竟还"客气"地说与他商量。哪怕是虚假的"客气"，也比完全不客气让人舒服。

新产品叫"贝安思"，可以让鱼睡眠，让鱼不至于太活跃，这样，鱼在运输的过程中死亡率大大降低。说实话，就是没读研究生，凭丁友刚的大专水平，查查资料，多做几个试验，找出最佳配比，也能把"贝安思"的配方搞出来。其实就是安眠药，关键是量，量小了，不起作用，量大了，鱼醒不来也不行，所谓的"研究"，就是通过实验，找出最佳量而已。从总经理向他布置任务开始，到丁友刚找出最佳配比，配制出能用的样品，先后大概不到一个月吧，还不到在研究所制定一个可行性研究报告初稿的时间，连中试都没做，更没有进行产品鉴定，当然也就没有设计包装和商标注册，"贝安思"就由销售部门拿到市场上推销了。给丁友刚的感觉像是在做梦。

丁友刚喜欢这样的梦。干净，利索，不拖泥带水，确实能尽快地把知识转化成生产力。

广东是个人人吃鱼、天天吃鱼的地方，改革开放，广东先富，千军万马下广东，水产的生产数量、供应需求、消费需求更是与日俱增，他们的"贝安思"在市场上非常受欢迎，立竿见影地为公司创造了可观的经济效益。在"摸着石头过河"的年代，作为特区的一家企业，研发出一种适销对路的产品，打破常规有什么不可以的呢？彼时流行一句口号，叫作"超常规发展"，要实现超常规发展，首先就必须打破常规。

不过，丁友刚发现了问题。

"贝安思"的包装虽然简陋，但宣传口号却气壮如牛，居然用了"与中国科学院合作开发"的字样。虽然促销效果良好，但丁友刚觉得不妥，因为，实事求是地说，他一个人绝对不能代表"中国科学院"。

丁友刚找到总经理。

"可你确实是中科院的人啊，"总经理说，"而本产品也确实是你研发的呀。"

"那也不能这么宣传，"丁友刚说，"不然，我回所里没办法做人。"

总经理非常尊敬丁友刚，没有说"你还打算回去呀"这样的话，而是与丁友刚认真研究，商量着该怎样说才比较合理同时也比较有利。最后，总经理决定把"与中国科学院合作开发"改成"在中科院西北化学研究所大力支持下"。

说"西北化学研究所"而不说"青海盐湖研究所"，体现了总经理的商业智慧。第一，他们是精细化工企业，与"化学研究所"很对口，与"盐湖研究所"则有些牵强甚至南辕北辙；第二，西北化学研究所是青海盐湖研究所的前身，丁友刚是盐湖研究所的人，因此也可以说是西北化学研究所的人，所以，他们这么说也不算错；第三，说"大力支持"比"合作开发"更接近事实，研究所同意把丁友刚借给公司，本身就是一种"支持"嘛，没有漏洞，经得起推敲；第四，最为绝妙的是，万一将来为此事扯起官司来，"西北化学研究所"已经不存在了，主体不成立，谁来当原告？官司怎么打？

尽管如此，丁友刚心里仍然不踏实。他建议公司给研究所正式发个函，告知一下，也算是对他"借用"期间工作的肯定吧。

总经理满口答应，立刻照办，不但给研究所发去了感谢信，还额外支付了五千元的"感谢费"，如此，在后来的正式包装上，冠冕堂皇印上"中国科学院西北化学研究所"就更加理直气壮了。

最让丁友刚感觉"事业有成"的是"师飞雪"的研发，因为，该产品是丁友刚提议开发的，连产品的名字都是丁友刚起的。

这是一款早期流行的洗发水。开发思路是将洗发和护发合二为一。因为丁友刚在沙头角看到香港有这种产品，而大陆没有，因此他想开发。

丁友刚的想法立刻得到总经理的大力支持。

同样，没有写可行性研究报告，没有"上会"，当然也就没有经过

"三会四审"。

研发的过程十分顺利。丁友刚先做案头工作，查阅相关的技术资料，主要是挑选对人体无害的表面活性剂，从沙头角的中英街买来几种同类产品分析对比。然后做比较试验，模拟出几个配方之后，先在宠物狗身上做试验，感觉动物毛皮顺滑了之后，又在他自己的头上试验，最后，拿去给几位女同事试用，反映效果不错，一点不比沙头角的同类产品差，而成本只有市场价格的五分之一。

总经理一锤定音，说生产就生产，连商标都没来得及注册，至于产品的名称，直接用丁友刚一个大学同学的名字。该同学姓"师"，名"飞雪"，当年上大学的时候，丁友刚就觉得这个名字非常特别，很好听，为此，他几乎要追那位女同学。可惜他们班男多女少，该女生长得也并非貌若天仙，丁友刚犯不着为师飞雪与同窗伤和气，作罢。可是，师飞雪一头飘逸的长发，却永远定格在丁友刚的脑海中。这次开发洗发、护发二合一的产品，他很自然想到了那一头飘逸的秀发，马上就想到用"师飞雪"做新产品的名称。事后，丁友刚想，不知道该产品在市场上热销之后，他那位大学女同学是不是能注意到，倘若注意到了，该作何种感想？他们班那么多的"狼"会不会也看到"师飞雪"，倘若看到，该作何种议论和猜测呢？会说丁友刚曾经暗恋师飞雪吗？说就说吧，猜就猜吧，暗恋就暗恋吧，当年难以启齿的事，今天真可以付之谈笑中。丁友刚想象着同学们的反应，非但没有沮丧，相反还有些兴奋。所以，当总经理打算为新产品起名字的时候，丁友刚强烈建议用"师飞雪"。当然，他没说是自己大学女同学的名字，大家也没问，来不及问，总经理一听，立刻就说："好。这个名字好。丁总开发的新产品，就用丁总起的名字。"仿佛新产品是丁友刚生的儿子，名字当然由他自己起。

如此，丁友刚就算是与公司建立了血缘关系，还能离开吗？

# 7

回应者忽然多了起来，丁友刚点击小闪灯，同时跳出好几个网名。他对其中的"张张华"有点兴趣，名字有点怪，却让丁友刚感到亲切。起码，"张华"让他感到亲切，像生活中一个真实的人的名字，而不是纯粹的"网名"。"网名"太虚，虚无缥缈，还是真实一点好。

照例，丁友刚在点击完接受之后，直接进入"发起对话"，问候"你好"。

"张张华"回复的是一张笑脸。

丁友刚：你的网名很有特点。

张张华：是吗？很普通。

丁友刚：正因为普通，所以才有特点。

张张华：我叫张华，因为已经被人注册了，所以多加一个"张"。

丁友刚：是嘛。怎么不叫"张华华"。

张张华：那我的名就与省长的一样了。

丁友刚：是。

张张华：你也知道？

丁友刚：经常看电视。

张张华：看广东新闻？

丁友刚：不是，看凤凰卫视。

张华华：我也是。

丁友刚意识到跑题了。他今天上网，不是瞎聊天的，甚至不是交朋友的，而是打算"租友"，所以，丁友刚收回话题，问：你怎么想起来加我的？

张华华：我看到你的"热帖"啊。

丁友刚：热帖？

张华华：是啊。腾讯"热帖"啊。

丁友刚：是嘛。我还不知道呢。

张华华：你是真想征婚？

丁友刚：第一步先征友吧。

张华华：但你是说"租友"。

丁友刚：是。一个意思。

张张华：不完全一个意思。

丁友刚："租"表示我的诚意。

张张华：恰恰相反，表明你侮辱女性。

丁友刚：完全没有这个意思。

张张华：但就是这个效果。

丁友刚：那么反过来，你"租"我可以吗？我愿意被你"租"，丝毫没有觉得自己被侮辱。

张张华：好啊。

丁友刚：你不是开玩笑吧？

张张华：这话我也可以反过来问你。

丁友刚：我是认真的。

张张华：怎么证明？

丁友刚又被噎住了。略微停顿一下，回复：走一步看一步吧。

张张华：什么意思？

丁友刚：我不能立刻证明自己是认真的，但如果你也有诚意，往下交往，我会一步步证明我是认真的。或者，你就能一点一点看出我是认真的。

张张华：你很会说话。

丁友刚：不需要"会说话"，只要说真话，就不难。

张张华：是。但我感觉你在给我下套。

丁友刚：下套？下什么套？

张张华：下语言逻辑的套。

丁友刚给了一个不明白的表情。

张张华：你说我也有诚意，不是套我吗？

丁友刚：难道你承认自己没有诚意？

张张华：看，套了吧。先给我来一顶高帽子，再勒紧一道绳子，就把我套住了。

丁友刚给了一个微笑的表情，打出：不一定是你，对任何加我QQ的人，我都必须假定是有诚意的。否则，就没了对话的基础。

张张华：假定？

丁友刚：假定。

张张华：事实呢？

丁友刚：事实我们都希望对方是真诚的，但自己却不愿意首先付出真诚。

张张华：你也是？

丁友刚：当然。不然，我怎么只留QQ，不留电话号码呢？

张张华：怕骚扰？

丁友刚：怕应付不了。

张张华：现在接听不是不收费了吗？

丁友刚：不是话费的问题，是怕手机总是占线，其他人打不进来，显得不礼貌，至少，会让对方感到不舒服。

张张华：可以开通一部专用手机嘛。

丁友刚：当然可以，但同样会占线。比如现在，我和你通话，别人打进来就占线，连打几次打不进，别人就会不舒服，甚至觉得被耍弄。但 QQ 就可以，我和你对话，不妨碍其他人"加"进来。

张张华：你想得还蛮周全。

丁友刚：是，我是认真的。这些都是经过深思熟虑的。

张张华：QQ 不也是一样？也会爆满吧？

丁友刚：那不一样。

张张华：怎么不一样？

丁友刚：QQ 可以同时和几个人对话，这样就有了缓冲时间。

张张华：周旋于几个女人之间？

丁友刚：话不要说得这么难听吧？

张张华：好，不难听。我问你，你现在同时和几个人对话？

丁友刚：就你一个。

张张华：骗人。

丁友刚：没骗你。

张张华：如何证明？

丁友刚：我没必要骗你。我就是告诉你，我现在同时和几个人对话，你也能理解。是不是？

"张张华"发过来一个笑脸，同时说：谢谢！

丁友刚：谢什么？

张张华：谢谢你只跟我一个人对话啊。

丁友刚：不用谢。现在只有你一个人。

张张华：是吗？不是热帖吗？我以为你忙得不理我呢。

丁友刚：是有很多人，但我不是每个人都接受的。

张张华：怎么偏偏接受我？

丁友刚：你的名字特别，感觉像是"人名"，就先点击你了。

张张华：所以我说谢谢你嘛。

丁友刚给出一个害羞的表情，同时说：名字也能大致反映对方的真诚度，刚才有几个名字不着调的，一对话，也果然话不投机，被我pass了。

张张华：怎么话不投机？

丁友刚：这个说来话长了，每个人不一样。

张张华：举个例子。

丁友刚略微想了想，回复：比如有个"糊涂娃"，还真"糊涂"，她已经有老公了，纯粹因为无聊才"加"我的。

张张华：那是不好。

丁友刚：你呢？你没有老公吧？

张张华：当然没有。如果我有老公，就一定和老公好好过，绝不在外面勾三搭四。

丁友刚：离异还是单身？

张张华：单身。

丁友刚：多大了？说个大概。

张张华：28周岁。准确的，不是大概。

丁友刚：好！我已经感受到你的真诚了。

张张华：算不上真诚，只是比较自信。

丁友刚：是。隐瞒年龄是一种不自信的表现。

张张华：你自信吗？

丁友刚：在年龄上不是很自信。我50岁了。

张张华：是大了一点。我能接受的最大年龄是40岁。

丁友刚：这么说我整整超过你的规定标准10岁？

"张张华"给了个赞同的手势。

丁友刚：下面闪灯了，我能去和她对话吗？

张张华：可以。祝你成功！

丁友刚：谢谢！与你对话很愉快！

"张张华"发过来一个笑脸。

丁友刚回敬一个握手。

## 8

　　一转眼，丁友刚来深圳已经一年，远远超过了"试用期"，就是"借用"，也不能永远"借"下去啊。

　　研究所倒没催他。或许，公司给研究所的感谢信和五千元"感谢费"起了一定作用。或许，他每月的工资、奖金分给同事们，让大家都沾了光，所以没有人主动催他回来，甚至，还不希望他回来。但是，公司这边却希望他能正式调过来。总经理逮着机会就给丁友刚做工作，说深圳好，气候好，环境好，工作氛围好，人际关系简单，绝不压抑个性，充分发挥每个人的潜能，如果丁友刚调过来，成了"深圳人"，公司就能名正言顺地为他申报技术进步奖，等等。

　　丁友刚动心了。主要是"技术进步奖"让他动心。如果真能获得这样一个奖，对他是一种莫大的肯定。生计问题解决后，人所需要的，不就是别人的"肯定"嘛。包括亲人的肯定，同事的肯定，同学的肯定。这么说吧，只要他获得了"技术进步奖"，丁友刚对方方面面都有交代了。

　　可是，他要正式调到深圳来，必须过两关。

　　一是导师关，二是老婆关。

　　两关都不好过。

在导师面前，丁友刚气短。简直开不了口。这理由，那理由，天大的理由，都解释不了当初他为什么给导师写信说自己热爱这个专业并打算"一辈子从事盐湖研究"。导师不需要责备丁友刚，只需要简单地问："当初你那样做，到底是真心话，还是为了能上研究生而口是心非？"

导师也是丁友刚的岳父。他没有把脸撕破，给丁友刚留了面子，没有使用"欺骗"和"不择手段"这样的字眼，但"口是心非"同样涉及人品问题，丁友刚能承认自己人品有问题吗？

导师甚至暗示，每个地方，都有自己的文化，盐湖研究所的文化就是奉献、忠诚、信义。特别是"信义"，直接涉及"人品"。研究所的骨干，也都是从沿海城市来的，他们也知道沿海的气候比青海好，却依然从天津化工研究院、上海化工研究院、连云港化工矿山设计研究院等单位义无反顾地汇集到柴达木盆地来，把自己的青春和热血献给了祖国的大西北，献给了青海，献给了盐湖。如果纯粹从个人利益出发，他们也想回沿海，可是，他们选择了奉献，选择了忠诚，坚守信义，选择了做一个堂堂正正的人。难道丁友刚不愿意做一个堂堂正正的人吗？

丁友刚无话可说，无地自容。所以，他不敢面对自己的导师兼岳父。

至于老婆，丁友刚同样不好开口。菁菁是那么地信任他。当初他离开研究所只身来深圳，有闺蜜提醒菁菁，说深圳是个花花世界，你把他一个大男人放在那里，早晚要变坏，而菁菁则坚定地认为，即使世界上所有的男人都变坏了，她丈夫丁友刚也不会变坏。可现在，丁友刚虽然没有"变坏"，却不打算再回青海了。那么，她要么带着儿子跟随丁友刚去深圳，要么，两个人离婚。

离婚当然是下策。俩人感情并未发生问题，干吗要离婚呢？可是，让菁菁离开研究所跟丁友刚去深圳。

假如说丁友刚决定离开研究所去深圳的主要原因是想发展事业的话，那么，菁菁的事业则在研究所。菁菁眼下虽然只是一名资料员，但她已经在读函授，即将"专转本"，而且，计划活到老学到老，取得本科学历后，打算报考在职研究生，争取早日成为像自己的父亲和丈夫那样真正的科研人员。虽然实现这一目标的道路并不平坦，但只要努力，前途是光明的，即使最终未能全部实现，实现一部分也是胜利，而且，追求目标的过程本身就有意义。人，活着还是应该有目标、有追求的，可是，如果去了深圳，她不知道自己的目标在哪里，更不知道她该追求什么。再说，菁菁是父母的独生子女，她离开青海，就意味着离开父母，她忍心这么做吗？父母的年纪大了，生病是常有的事，万一哪天有个三长两短，她来得及从深圳赶回西宁吗？她能这么做吗？

至于丁友刚说到深圳的气候好，菁菁同样不服。她没有感觉西宁的气候有什么不好。她生在青海长在青海，对这里的气候天然适应，相反，倒是深圳那地方，她不适应。菁菁曾带着儿子来深圳探亲。她一点没觉得深圳的气候好。太热，太潮湿。仿佛一个人非常浮躁，不冷静，不淡定，因此也就缺少思想，缺乏深度。

丁友刚说深圳气氛好，比较自由，有利于个人发展，等等。菁菁更加不认可。在探亲的日子里，菁菁看到的是公司的人一天到晚不干正经事，除了想赚钱，还是想赚钱。连总经理出面请他们一家吃饭，吃着吃着，就又说到了公司产品在市场上的销售情况，又说到开发什么新产品，等等，而"开发"的唯一目的是为了赚钱，并不是对自然规律的探索和为了人类科技进步。给菁菁的感觉，这里所谓的"事业"，其实就是"赚钱"，这与她的文化基因格格不入。

菁菁当场就想把丁友刚拉回青海，可她不敢确定，她是崇拜丁友刚的，丁友刚既然是父亲的得意门生，就应该与父亲一样有学问、有人品。她相信丁友刚，相信丁友刚在深圳是暂时的，是为了拓宽视野，为了探索"把科学技术转化为生产力"的路子，当初深圳的公司给研究所发去感谢信并支付"感谢费"的时候，就是这样说的。这曾经在研究所引起轰动，"感谢信"被当成"改革成果"贴在宣传栏里，写进当年的所长工作报告，让菁菁脸上非常有光。所以，她不能轻易拖丁友刚的后腿。

但是，今天，当丁友刚正式提出打算留在深圳，并让菁菁带着孩子跟他一起去的时候，她才意识到问题的严重性。菁菁忽然发现，环境是能改变人的，她丈夫丁友刚已经在不知不觉中被"改变"了，深圳的公司文化和公司老总的思想已经慢慢侵蚀了丁友刚。菁菁想"挽救"丁友刚，但她没有回天之力，甚至，她说不过丁友刚。菁菁不得不痛苦地承认，丁友刚所理解和追求的"事业"，已经和她理解的截然相反，或者说，他们的价值观已经完全不同。

既然注定了要长期分离，而且两人的价值观又截然不同，再维持夫妻关系，有意义吗？能维持得住吗？

按照一般的理解，提出离婚的多半是丈夫，特别是当丈夫的经济条件和手中的权力得到提升的时候，但是，他们的离婚却是菁菁先提出来的。当时，丁友刚只是觉得菁菁自强自立有个性，直到自己被退休，闲着无聊胡思乱想了，丁友刚才幡然醒悟，这是菁菁在保护他啊！彼时，丁友刚已经背负背叛专业、背叛单位、背叛导师的罪名了，实在无法再背负背叛妻子的罪名，所以，菁菁的主动姿态，其实是替丁友刚减轻罪责。

菁菁主动提出离婚，着实让丁友刚吃了一惊，这是他想开口却不好意思开口的话呀。他想挽回，又觉得自己太虚伪。既然已经不打算回青海了，还怎么挽回与菁菁的婚姻？自己离开青海，离开研究所，已经是背叛导师、背叛专业精神了，难道还要拉着导师的女儿一起背叛父母、背叛生她养她的柴达木吗？再说，菁菁是导师的独生女儿，菁菁真要是跟他来深圳，不是对导师和师母釜底抽薪吗？不是恩将仇报吗？不是更加残忍吗？最终，丁友刚决定放弃虚伪，"同意"与菁菁协议离婚。

# 9

丁友刚点击闪烁的小喇叭，发现要求加他好友的又增加几个。看来，果然上了"热帖"榜。丁友刚怀着歉意赶紧点击"接受"，赶紧说"你好"，并且，不得不利用网上对话的缓冲效应，同时与几个人打招呼，脚踏几只船。不过，大多数"好友"要么不回应，要么不着边际，比如有一个上来就问："买春吗？包新鲜。"还有两个是推销员，其中一个居然向他推销汽车发动机，令丁友刚百思不得其解，猜想"发动机"是不是一种暗指。但他不敢肯定，好奇，却又没时间问。同时闪几个灯，他哪有时间问无聊的问题。只有一个叫"稻草人"的，算是正经的回应。

"稻草人"不说话，上来就给丁友刚一大堆鬼脸。

丁友刚：什么意思？

对方继续给鬼脸，一副笑得忍不住的样子。

丁友刚以牙还牙，回敬一个一头雾水的表情。

"稻草人"终于说话了。问：什么叫"各方面正常"？

丁友刚：就是"各方面正常"啊。

稻草人：不是特指吧？

丁友刚：特指什么？

稻草人：特指那方面。

丁友刚：哪方面？

稻草人：男女方面。

丁友刚：你是说性方面？

稻草人：是。

丁友刚：包括，但不是主要的。

稻草人：主要指哪方面？

丁友刚想了一下，回复：性格，价值观，为人处世的原则和方式。

稻草人：你什么性格？

丁友刚：偏外向。但不过分，所以说"正常"。

稻草人：价值观呢？

丁友刚：遵守传统，但不排斥新观念和新事物，也属于"正常"。

稻草人：为人处世呢？

丁友刚：这个范围很广，没法说啊。

稻草人：你简单说说，捡最重要的说。

丁友刚：我以为，做人分三个层次。第一，不占别人的便宜，知恩图报，礼尚往来；第二，尽量让对方占便宜，自己吃亏，也就是所谓的"会做人"；第三，不仅对亲戚、朋友、同学、同事如此，对世界上所有的人都如此，都遵循自己吃亏，让别人占便宜的原则，这是最高层次了，很少有人能达到。

稻草人：普度众生？

丁友刚：没这个高度，只能说大概有点这个意思吧。

稻草人：你信佛？

丁友刚：谈不上，但价值观已经不知不觉受到佛教文化的影响。

稻草人：佛教方面的书你看了哪些？

丁友刚：没看。

稻草人：为什么？

丁友刚：太多，不知道看哪本。

稻草人：你害怕选择？

丁友刚：也不是害怕。

稻草人：那是什么？

丁友刚：是懒。不想那么麻烦。

稻草人略微停顿了一下，问：你刚才说到做人的层次。你自己属于哪个层次？

丁友刚：第一和第二之间。

稻草人：之间？

丁友刚：第一层次我坚守，第二层次要看人。我不是对所有的人都自愿吃亏，对于有些癞皮狗，你客气他当福气，你吃亏他当你是傻瓜，甚至把你当软弱无能，故意欺负你，对这样的人，就不能一味地坚持自己的"做人"原则了。

稻草人：那当然。我也遇到过这样的人。

丁友刚：谁都遇到过。

稻草人：对这类人怎么办？

丁友刚：敬而远之吧。

稻草人发过来一个友好的笑脸。

丁友刚理解，这就是对方表示要离开的意思，于是回敬一个友好的握手动作。继续点击下面闪烁的小喇叭，添加其他的好友。

　　刚离婚的时候，丁友刚很不习惯，仍然认为菁菁是自己的老婆，有时候忽然想起一个问题，即便半夜三更也会打个电话给"老婆"，以至于菁菁不得不提醒他：你一个人在深圳也不容易，遇到合适的，就再找一个吧。但丁友刚没有再"找"。直到有一天，当他再次半夜三更给"老婆"打电话的时候，菁菁委婉地向他透露：我已经有男朋友了，你再这样半夜三更打电话，不好。丁友刚才猛然醒悟。

　　此时，丁友刚已经把户口和人事关系落到了深圳。果然如总经理当初所说，这边重新为他建立了档案。不是研究所故意为难他而卡住档案不放，只是丁友刚自己不好意思回研究所办理相关手续。办手续是一件非常烦琐的事，肯定不是当天就能办完，要好几天，十天半个月也说不定，甚至一次不行，还必须再跑一两次，而且每个部门都要跑到。丁友刚想想就头痛。关键是他无颜面对导师，无颜面对菁菁，无颜面对研究所，无颜面对单位的每一个人，甚至无颜面对青海，无颜面对昔日的旧亲故友。或者，是他故意把个人档案保留在研究所，下意识里，希望自己不要与研究所完全割断血脉？

　　成为真正意义上的"深圳人"之后，有一段时间丁友刚疯狂工作，不用总经理布置任务，就主动开发了硅凝胶、膨化剂、快速凝固剂等一系列化工产品。有些是他们自主研发的，有些则是仿造国外进口的同类产品。丁友刚作为总工程师，当然是主要研制人，他在为公司创造巨大经济效益的同时，也获得了空前的事业成就感，或许，他需要用这种成就感，来证明自己所做的一切牺牲是值得的？

但是，总经理当初许诺的"科技进步奖"却一直没能兑现。丁友刚嘴上没说，心里其实是很在意的，但他并没有抱怨总经理，主要是抱怨了也没用。并不是总经理没有为他争取，而是总经理也没有决定权。丁友刚自己从科协和科技局那边打听了一下，没有评上的理由主要有两条，一是说他的"成果"原创性不够，二是说他所开发的产品不符合深圳发展的主要产业。丁友刚不指望了。当时深圳的"主流"是证券与地产，丁友刚搞得是精细化工，比较不受待见，他也不可能为了获奖而放弃化工转攻金融或地产。算了，人是有命的，丁友刚认命。

金融与他们多少有点关系。因为公司正在操作上市。总经理确实与时俱进，深知资本的力量，曾经无意中对丁友刚感慨，做企业的目的，就是创造利润，说白了就是为了赚钱，可无论我们怎么做，都不如公司上市来得快。丁友刚听了似懂非懂，但后来接受券商的辅导培训的时候，还是弄懂了一些，知道一旦公司上市，就立刻身价倍增。不仅公司的资产倍增，他们个人也因为职工持股计划而人人成为百万富翁甚至千万富翁。公司也几乎就要成功上市了，但始终只差那么一点点。上主板市场达不到经营规模，打算上二板，可"二板"却未能及时推出，一直拖到公司走下坡路了，才推出所谓的"创业板"。创业板对企业规模要求宽松，甚至对企业业绩也要求不严，但特别强调"成长性"。但特区精细化工是深圳的一家老国营企业，差不多与深圳的年龄一样长，要是"成长性"好，早就达到主板上市规模了，哪里用得着跟处于草创阶段的新型企业争地盘？

不进则退。特区精细化工有限公司伴随着人们健康和环保意识的增强及国家知识产权保护政策的落实而日益衰落。拳头产品"贝安思"其实是一种安眠药，鱼吃了之后确实能安静，减少运输途中的死亡率，但同时，残留的药物也能传递到人的体内，这样的产品，随着人们健康和环保意识的增强，必然禁用。"师飞雪"则由于没及时进行商标注册和品牌推广，早已被后来居上的"潘婷""海飞丝""霸王"等多如牛毛的同类产品淹没。至于仿制国外的硅凝胶、膨化剂、快速凝固剂等产品，由于涉及知识产权专利保护等因素，在中国加入WTO之后，更是秋风扫落叶。如此，公司勉强维持了一段时期，最终被私营老板收购。

这一年，丁友刚53岁。本来，只要他肯放下架子去找找人，或许国资委下属的投资管理公司能给他安排一个单位，毕竟，20世纪80年代的中科院硕士还是蛮金贵的，但丁友刚自己放弃了，他感觉，"被退休"与"被安排"没有本质区别，已经五十多岁的人了，即便另外安排，到新岗位上看人脸色，刚刚适应，没几年还是退休。既如此，何必求人？好在他有房子，有存款，有退休金，生存不成问题，犯不着去低三下四。他甚至自我安慰地想，自己匆匆忙忙走过30年，连回头看一眼都没顾上，提前退休，未必不是好事，或许退休之后，能修身养性，思考一下自己想思考的问题，做一点自己想做的事情，更好。

但是，真闲下来之后，无任何压力，因此也就没有动力，反而像一下子失去了重心，整天轻飘飘的，随时能被风刮走一样，连眼袋都浮出了脸面。

最大的问题是没朋友。连个说话的人都没有。丁友刚发现：深圳是个大家都是陌生人的城市，生存压力大，生活节奏快，竞争激烈，人人提防，处处争先，所以，没时间嚼舌根子，互相之间不说长，也不道短，不诉苦，也不哭穷，不搬弄是非，也就没必要背后说悄悄话，或者说，不需要说心里话。打工的或许还好，越是白领阶层越如此。原本，丁友刚是喜欢这种氛围的，觉得这样是非少，人际关系简单，减少不必要的内耗，可以把全部的精力放在工作上，这种氛围，也是丁友刚来深圳的原因之一。可现在，他忽然发现这些原本自己不喜欢的行为习惯，其实是非常符合人性需要的。

丁友刚静下心来一回想，自己最轻松愉快的时光，居然是在上山下乡年月在田间地头听贫下中农一边干活一边道张家长李家短的岁月。李家的猪跑到王家门口溜达，拉了一泡屎，还没来得及拾掇，就被王家抢走了，气得李家阿婆大骂：连泡屎都抢，猪都不如！陈家儿子要娶媳妇，女方提出必须盖瓦房，陈家没那么多钱，那些不想借钱又不想得罪人的远亲近邻，只好拼命地诉苦，说家里母鸡三个月不下蛋，害得全家断盐两个月了……这些陈芝麻烂谷子的见闻，30年前丁友刚听的时候就忍不住笑，30年后回想起来，依然觉得轻松愉快。可惜，现在丁友刚再也听不到这些闲言碎语了。好不容易碰到一个熟人，刚刚说"你好"，对方就匆匆忙忙一边客气地招呼着一边脚下抹油离开了。丁友刚清闲，人家可忙着呢。有企业打出口号，"公司不养闲人"，丁友刚倒觉得这口号缺乏大局观，应该改为"深圳不容闲人"才全面。

# 11

∨

丁友刚在电脑前忙活了一上午，中午简单吃了点饭，下午继续上网。

所谓"简单"，也是讲究营养的。煮饭的时候，顺便清蒸一条福寿鱼，就是他老家的"非洲鲫鱼"。嫩，还便宜。等饭和福寿鱼熟了，他的黄瓜也凉拌好了。丁友刚凉拌的黄瓜是家乡拌菜瓜的做法，先把切成片的黄瓜配捣碎的大蒜头用盐抓一下，养半小时，吃的时候，再浇上小磨麻油和少许味精，一拌，清口酥脆，比街上餐厅流行的拍黄瓜好吃多了。

一条鱼一根黄瓜，简单吧？这些年的单身生活，别的本事没学到，"简单"做饭做菜的技术基本到家了。

因为一直挂在网上，一顿饭的工夫，QQ上积累了很多要求加他的"各色美女"。丁友刚几乎有点手忙脚乱，赶紧点击左下角闪烁的提示信号。第一个显示的居然不是要求加"好友"的新朋友，而是头先已经成为"好友"的"女妖"。

女妖：我回来了！

丁友刚：欢迎。我等你呢。

女妖：是吗？

丁友刚：是。感觉与你对话蛮有意思。

女妖：什么叫"蛮有意思"？

丁友刚：就是对路，不是上来就胡扯。

女妖：有胡扯的吗？

丁友刚：多呢。

女妖：比如？

丁友刚：居然有推销汽车发动机的。

"女妖"给出哈哈大笑的表情。

丁友刚回复一个无可奈何的表情。

女妖：之前你说到了真爱。

丁友刚：是。

女妖：但你经历的"真爱"最多只是单相思。

丁友刚：可能。应该是。

女妖：不过，我仍然承认你对她的爱是真的。为博得她的注意，你居然想到了去死。即便是单相思，我也很感动。如果我是那个女孩，一定嫁给你。

丁友刚：你这样说我也很感动。谢谢！！

女妖：你向她表白过吗？

丁友刚：没有。

女妖：不敢？

丁友刚：对。不敢。

女妖：我觉得你不用在这里"租友"了，赶紧回头找那位女知青吧。

丁友刚：你记住了"知青"？

女妖：是。我特意上网搜了一下，终于弄清楚了，也就记住了。

丁友刚：我回去找过，但非常失望。

女妖：是吗？

丁友刚：是。

女妖：她变得很老很丑？

丁友刚：我不想这么说，但事实如此。

女妖：不至于吧。如果很丑，你当初也不会想到为她去死啊。

丁友刚：对，你说得对。不能说很丑，但确实很老。对于大多数人来说，老了，也就丑了。她就属于大多数。

女妖：你不能用当年的标准要求她。再说，你自己也不年轻了吧。

丁友刚：那当然。可能是女人和男人不一样吧。或者是生活的环境不一样，她更显老些。再说，当初她就比我大。

女妖：大几岁？

丁友刚：3岁。当年我17岁，她20岁。

女妖：你喜欢比自己年纪大的女人？

丁友刚：不是。

女妖：那你当年怎么疯狂地喜欢上她？

丁友刚：当年情况相反。当初我懵懵懂懂，她20岁，在我眼里很成熟，是真正的"女人"。

女妖：女人？你说到了"女人"？真正的"女人"？

丁友刚：是。

女妖：你不是说你当初只想到和她一起进城、帮她提水、希望别人背后议论你们是一对，连和她拥抱接吻的想法都没有吗？

丁友刚：是。

女妖：那么何来"女人"？

丁友刚：懵懵懂懂吧，也不是完全不懂。我第一次梦遗就是梦见她。

女妖：梦遗？你当初因为她梦遗？快说说，梦见和她怎么了？在床上吗？

丁友刚：是。你怎么知道的？

女妖：我不知道，但我想知道。你快说。

丁友刚：梦见是下雨天，没出工，我在屋里休息。准确地说是在自己的床上休息。当年在知青点，只有自己的床是属于自己的私人领地，其他地方是公用的，乱糟糟的，没有领地感和安全感。所以，每逢雨天休息，我都窝在自己的床上，甚至把蚊帐放下来，构成自己的"私人空间"，在里面看书、写信、睡觉或补衣服。

女妖：你还会补衣服？

丁友刚：简单的。比如钉个纽扣，缝个被子什么的。生活逼的。

女妖：还是说梦遗吧。说你梦见了什么？

丁友刚：梦见她也在我的蚊帐里，好像是帮我缝被子，也好像是聊天。关键是她躺了下来。

女妖：她躺下了？！

丁友刚：是。半躺着，面对着我笑，我就情不自禁地贴上去，就梦遗了。那是我的第一次，好糗，紧张得不得了，非常不好意思。

女妖：太简单了，说详细一点。

丁友刚：就这么简单。

女妖：不可能。

丁友刚：真的就这么简单。

女妖：我不信。你不要不好意思。

丁友刚：我没有不好意思。要不然这样，你往下问，你问到哪里，我回答到哪里。

女妖：当时你们是穿着衣服还是脱了衣服？

丁友刚：穿了衣服。

女妖：你肯定？

丁友刚：肯定。她穿了红黑两色条纹春秋衫。

女妖：这你也记得？

丁友刚：记得。她还扎了一个小辫，就是那种半截的短发，不需要梳辫子，只要用两根橡皮筋，在后面扎两下就可以了。

女妖：像小女孩那样？

丁友刚：比小女孩的略微长一点，也粗一点。

女妖：还有呢？

丁友刚：没有了。

女妖：裤子呢？她穿什么颜色的裤子？

丁友刚：记不清了，大概是粉红色吧，因为她经常穿一条粉红色的裤子。她穿粉色裤子的样子我还记得。

女妖：什么样子？

丁友刚：很温暖。

女妖：很温暖？你能感觉到很温暖？

丁友刚：是。我能想象出那地方很温暖，如果我的手放上去，应该能感觉到比其他地方热。

女妖：你把手放上去了吗？

丁友刚：没有。

女妖：我是说梦里面。

丁友刚：也没有。

女妖：那你怎么说"情不自禁贴上去"？

丁友刚有些不好意思说。说不出口。他用"虚拟世界"调整自己，然后回复：梦里是用自己大腿之间的那地方往她那地方贴。

女妖：那个……？干吗不直接说？

丁友刚：感觉是那一片地方。

女妖：没有进去？

丁友刚再次感觉不好意思，尽管他明明知道这是虚拟世界，不过，他仍然感觉不好意思。但他还是回答了对方，说：没进去。

女妖：没梦见进去就梦遗了？

丁友刚：是。

忽然，丁友刚感觉到了什么。他觉得对方问得太仔细了，似乎已经超出了"租友"的范畴。是记者？是侦探？还是变态？如果是女变态还好，万一是男变态呢？这么一想，丁友刚就有点恶心。赶快说了声"对不起，我要离开一下"，就离开了。

"女妖"也比较知趣，说了一声"好"，也下了，并没有纠缠丁友刚。这让丁友刚感觉对方有一定素质，好像并不是变态狂，于是怀疑是自己多心了。

晚上，"女妖"并没有出现，丁友刚也没有主动找她。

丁友刚很忙，要求"加"他的人很多，这时候，他才感觉确实有些应接不暇了，因此也就更加挑剔。有时候甚至并没有对话，仅仅只是感觉对方的卡通头像不顺眼，就立刻 pass 掉，连"接受"也不点击了。更多的是对上几句话，感觉味道不对，说声对不起，就将对方"打入冷宫"。他只与其中的两个对了话，一个叫"智能娃娃"，另一个叫"良家妇女"。

## 12

丁友刚不得不承认，自己后悔了。与他同期的三位师兄师弟，后来都获得了出国交流的机会，而且不止一次，并且在学术上也有所建树，虽然没有单独获奖，但至少把名字挂在了导师的后面。如今，一位当了副所长，另一位成了学术带头人，还有一位支援地方经济发展，关系保留在研究所，人却在上市公司盐湖钾肥担任高管。就目前的处境看，任何一位都比他有成就，起码不会像他这样无聊、空虚、被社会遗忘，而自己当初倘若没来深圳，继续留在青海，留在研究所，虽不能说比三位师兄师弟做得好，但至少也不会比他们差。

退一步想，即便当年没有报考研究生，留在江南化工厂，状况也肯定比现在强。先不说个人，就说单位，江南化工厂先是独立上市，全厂职工人人拿到了职工股，后来上市公司并入中国石化集团，职工股要约收购，大家兑现了利益，现在，属于"中"字头央企，福利好着呢。再说个人，当年与他同宿舍的钱善乐，在工厂实行股份制改造的时候就当上了总经理，年薪达到四十万，现在多少，只有天知道。倘若丁友刚当初没有一根筋报考研究生，现在起码是中层干部，不需要室友钱善乐的提携与照顾，也不会被提前退休。当初丁友刚考上中科院研究生离开工厂的时候，那么多人羡慕，那么多人相送，恨不能得敲锣打鼓，有谁知道，他现在居然后悔当年的金榜题名呢？

唯一不后悔的，就是与菁菁离婚。因为，丁友刚觉得那是自己在做善事，属于行善积德。行善积德无所谓亏赚，也永远不存在后悔。如果当初丁友刚没有与菁菁离婚，而是把菁菁母子也拉到深圳来，不仅彼时害得菁菁与他一起背叛研究所，而且如今也会害得菁菁与自己一同下岗，还害得导师和师母孤苦伶仃。现在，菁菁早已组建了新的家庭，据说美满幸福，使丁友刚孤寂的心获得少许安慰。

丁友刚想儿子。其实他一直想儿子，但以往工作忙，有"事业"撑着，想得不那么迫切，现在闲下来了，无所事事，一门心思地想儿子。他不敢奢望儿子来深圳看他，打算自己回青海看儿子。

他没脸回研究所，也无法面对自己昔日的导师、从前的岳父，丁友刚打算悄悄潜回西宁，到学校门口见儿子。他打电话给前妻菁菁，说出自己的想法，菁菁迟疑了好一会儿，说："不好吧。小海现在学习十分紧张，最好不要分散他的学习精力吧？"口气是商量的，仿佛只要丁友刚坚持，菁菁也通融，但丁友刚怎么能因为自己需要情感的慰藉，就去打扰儿子，去分散儿子的学习精力影响儿子升学呢？心想，再忍几年吧，忍到儿子上大学了，直接到大学里去见儿子，既不会耽误儿子升学，也避免回到青海都不去看望导师的尴尬。

丁友刚决定找点事做做。

能做什么事情呢？到企业当顾问？如今有资格当顾问的，并不是手上掌握了专业技术的人，现在年轻人掌握的技术比老家伙实用。所以，当下所谓的"顾问"基本上都是曾经手手中有大量人脉资源的人，退休之后余威尚存。创造真正意义上的"剩余价值"。丁友刚在位的时候都没实权，退休之后哪来"余威"发挥"剩余价值"呢？

去上市公司做独立董事？之前钱善乐倒是说过，但彼时丁友刚在特区精细化工担任总工程师，忙，而且特区精细化工正在积极筹备上市，丁友刚作为公司的高管，并不"独立"，不能去另一家上市公司做独立董事。现在，丁友刚"独立"了，可江南化工已经并入中国石化，丁友刚即使想去做独立董事，估计钱善乐也没法安排。

那么，自己难道真的要像长期空置的房产或长期不穿的鞋子，等着荒废或腐朽吗？

天无绝人之路。最后，解救丁友刚于水深火热之中的，竟然是一名推销员。

丁友刚在岗的时候，最不喜欢推销员。在一场饭局中，丁友刚偶然和一个保险推销员换了张名片，这下不得了，几乎一天一个电话，每次都礼貌恭敬，每次都亲切关怀热情问候，每次到最后都极力鼓动丁友刚购买各种名目的商业保险。丁友刚把这种行为称为"软逼迫"，最后，逼得丁友刚不得不撒谎，说自己的外甥女就是保险推销员，即便要买，也会买外甥女的，不然，姐姐会与他拼命。如此善意的谎言，才摆脱对方的纠缠。此外，还有推销商品房的，推销保健品的，推销养生的，推销健美的，推销收藏的，推销理财产品的，推销五花八门的，甚至还有推销墓地的，仿佛他快要死了，须赶紧落实安葬之地……丁友刚感觉奇怪，深圳怎么一下子冒出这么多推销员来？每次遇到这种情况，丁友刚就临时为自己编一个"亲戚"，或小姨子，或小舅子，甚至是自己的亲弟弟或亲妹妹，有一次，干脆说自己的老婆就是做这一行的，对方说不对呀，谁都知道丁总您是钻石王老五啊，丁友刚则故意神秘地说：地下的。这才把对方打发掉。可是今天，当丁友刚被退休之后，准确地说是自己渴望听人说话或希望有人听他说话之后，怎么一个推销员都没有了呢？难道是对当初自己说谎把话说得太绝的报应？此时的丁友刚，真盼望有推销员来骚扰他，即使真被他们"软逼迫"买一份保险或一套房子也无所谓，反正这点钱他还是有的。可惜，忽然之间，所有的推销员仿佛一夜之间知道他被退休了，不值得他们骚扰了。丁友刚就是在这个时候，认识了曾雪芬。

# 13

$$\diamond\diamond$$

　　"智能娃娃"这个网名给丁友刚的感觉是机器人，而对方却回答是比较聪明的小女孩的意思。

　　丁友刚：你很小吗？

　　智能娃娃：也不是，长了一张娃娃脸而已。

　　丁友刚：那就一定很智慧？

　　智能娃娃：更不敢当，只是希望不要太傻吧。

　　丁友刚：方便告诉我你多大吗？我担心自己拐骗幼女。

　　智能娃娃：绝对不会。哪有"幼女"大学毕业的。

　　丁友刚：你都大学毕业了吗？

　　智能娃娃：当然。这是你"租友"的基本要求啊。

　　丁友刚：是。但有很多人上来捣乱的。

　　智能娃娃：这很正常。关键是你自己得有鉴别能力。

　　丁友刚：可这是虚拟世界呀，怎么鉴别？

　　智能娃娃：绝对的"虚拟"并不存在。网络的"虚拟"其实也是人造的，所以，它的构建基础还是真实的人。

　　丁友刚：有道理。你果然是"智能型"的。

智能娃娃给了一张得意的笑脸。

丁友刚回敬一个大拇指。

智能娃娃：尽管不能见面，但只要一对话，应该还是能大概判断对方是什么样的人吧。

丁友刚：是吗？那你对我判断一下。

智能娃娃：我感觉你是认真的，不是在开玩笑。

丁友刚：谢谢！何以见得？

智能娃娃：首先，从你的"租友启事"看，文理通顺，逻辑清晰，表明你是受过一定程度教育的；第二，从你对对方的要求看，首先强调了学历，而不是单纯的"年轻漂亮性感"，假如你是开玩笑，或者想行骗，没必要给自己出难题；第三，从对给予对方的"租金"看，也比较实际，比较生活化，说明你是懂得生活的人，知道女人最需要什么。

丁友刚：最需要什么？

智能娃娃：想去深圳发展的女人，大概最担心的是生存问题，其次是想获得充分自由。你给出的条件看似简单，其实正好满足了这两个方面。

丁友刚：啊，我可没想这么多，只是从实际出发。

智能娃娃：所以我说你是认真的嘛，是从对方的实际需要考虑的嘛。

丁友刚：或许吧。我希望对方是一位知识女性，对眼下的状况不满意，想改变，因此想来深圳发展，又不敢太冒险，而我能提供的，就是给她一个有基本生活保障又不限制她自由发展的空间。

智能娃娃：你就不怕自己被利用？

丁友刚：能被人利用，说明我有价值。再说，利用是相互的。

智能娃娃：是，她在利用你的时候，你也在利用她。至少，让你不寂寞。

丁友刚：这不是主要的。我本来就不寂寞。

智能娃娃：你主要想得到什么？

丁友刚：想寻找真爱。

智能娃娃：你觉得这样能找到真爱吗？

丁友刚：一切皆有可能。

智能娃娃：这话太哲学了。

丁友刚：也很现实。即便她是为了利用我而和我住在一起，但只要住在一起，就能相互了解，就知道她是不是我想寻找的人，同时她也不知不觉地了解了我，鉴别我是不是她想寻找的人，说不定发现我其实正是她努力寻找的那种人呢。

智能娃娃：你还蛮乐观。

丁友刚：乐观也是被逼的。

智能娃娃：是吗？我还以为乐观是性格。

丁友刚：是性格。但性格也可以被培养。我是被逼着培养。

智能娃娃：我可不可以理解这是一种快捷试婚？

丁友刚：可以这么说吧，大概是这个意思。

智能娃娃：假如出现这种情况，通过同居，你发现她果然是你寻找的人，而她却在外面找到了心爱的人，要离开你，你不是很惨？

丁友刚：确实很残酷，但人要遵守约定。假如真如你说，我也认了。但我自信比我好的男人不多，即使有，也未必正好给她碰上，更未必正好也爱她，所以，你说的这种情况一般不会发生。

智能娃娃：你果然很自信啊。

丁友刚：我靠自信活着。

智能娃娃：但我说的情况也不能完全排除。我是说万一出现这种情况，你不是很惨？

丁友刚：是很惨，但也很幸福。至少，我知道这世界上存在我要寻找的人，并且她还与我共同生活了一段时间，不值得吗？

智能娃娃：也是，生命是一种过程，幸福更是一种过程，寻找真爱并且果真找到了，这本身就是一种成功，一种幸福。不过，你不年轻了，能有多少时间如此折腾？

丁友刚：是不年轻了，所以我才抓紧时间，今天就做。而且，我认为这是最有效的一种方式。

智能娃娃：你是说"租友"？

丁友刚：是。我们不就是在谈"租友"吗？你不是应征者吗？

智能娃娃：应征者？谁说我是应征者？

丁友刚：你不是应征者？那你"加"我干什么？那我们说这么多干什么？

智能娃娃：好奇，好玩，想证实一下自己的判断。

丁友刚：对不起。我不年轻了，我的时间非常有限。假如你不抱此目的，恕我不能奉陪了。

说完，丁友刚不等对方回应，立刻把对方拉黑，从"好友"当中删除。

## 14

丁友刚与曾雪芬的认识很偶然。

这天丁友刚去银行办业务。退休之后，唯一经常让丁友刚有事情"办"的地方就是银行。不像过去，退休之后每月还要到单位领退休金，和单位还保持着一定的联系，逢年过节单位还组织慰问，生老病死单位还有人过问，感觉自己始终是"单位"的人。但是现在，丁友刚自从被特区精细化工内退之后，就再也没有回过单位了，没有任何事情必须回去，单位也没请他回去，他就是自己想回去，也不好意思。估计他就是厚着脸皮回去了，私人老板的门卫也未必让他进门。跟门卫费劲解释半天，说自己曾经是这里的领导，对方未必相信，即便最后相信了，放他进了，也是抱着怜悯和同情的心态。丁友刚还没有落魄到需要一个门卫怜悯和同情的地步，所以干脆不回原单位。

丁友刚有时候想，自己要是在银行工作多好啊。如果当初在银行工作，退休之后，即便单位同样没有请他回去，他也有理由自己回"单位"看看。毕竟，银行是谁都可以去的地方，他也要到银行办事情。除了领退休金之外，还要缴纳各种费用，如水电费、物业管理费，等等。平常都是在柜员机上办理，这次是存折的磁卡坏了，打不出明细，丁友刚不得不排队人工办理。队伍很长，排了很长时间还未排到，他觉得有点烦，想着干脆明天再来吧，可又一想，明天就不用排队吗？再说，回去之后仍然没事情做，在银行排队，起码还能接触到人。

丁友刚继续排队。

这时候，一名银行工作人员手上握着一叠花花绿绿的印刷品走到他身边，笑容可掬地劝他去某证券公司办理开户，说如果他同意办理证券交易开户，就可以走特别通道，不用排队了，连同其他业务一起办理。丁友刚这才注意到，对方并不是银行工作人员，只是服装与银行职员的制服十分接近罢了。一问，果然是某证券公司营业部的推销员。要是以前，丁友刚肯定会说："谢谢！我已经开户了。"或者干脆说："我自己就是证券公司的。"但如今，他巴不得有人与他说说话。所以，丁友刚没有照着以前的方式回答，而是假装表现出一定兴趣的样子，接过对方手中的宣传品，听对方"忽悠"。

对方终于逮着一个没有正面拒绝的潜在客户了，像是早年骑着毛驴找矿的探险者忽然看见了疑似矿脉，立刻驻足不前，轻声但非常热情地向丁友刚发起攻势。

对方是位女性。三十出头。不用说，比较漂亮，太丑了，估计也进不了证券公司，更做不了推销员。关键是穿了类似银行职员的制服，就是深色外套加里面白领的那种，腰身收得比较细，因此屁股看上去有点翘，胸部看上去比较挺，给人的感觉是精干、清爽、性感但没有达到妖艳风骚的程度，配上谦和的表情，蛮有亲和力的。

对方边说边呈上自己的名片。丁友刚认真看了，"曾雪芬"，一个谈不上俗但也说不上多雅的名字。

曾雪芬说："眼下正在股改，也就是法人股上市，为了让国营股顺利进入流通，必须有牛市，否则，就推行不下去。"

这话打动了丁友刚。因为精细化工曾经打算上市，丁友刚作为公司高管，接受过上市辅导，对证券还算有一定的认识。关于法人股流通的问题，他从报纸和电视上也看到过，并且他还思考过，想着中国的证券市场差不多有一半是不能流通的所谓法人股，按照同股同利的原则，这部分股票早晚要进入流通领域，至于以什么方式实现流通，他没想过，因为这不是他该想的问题。现在，听曾雪芬这么一说，丁友刚仿佛忽然被点击了一下。

丁友刚的兴趣被调动起来，想着被忽悠有时也能增长见识。不过，他终究还是比较善良的人，不忍心一直耽误对方宝贵的时间。

"谢谢！"丁友刚说，"可是，我已经有证券账户了啊。"

丁友刚以为他这样一说，对方立刻表现出失望，然后礼貌地说一声对不起，就离他而去，寻找下一位潜在客户。但是，曾雪芬没有这样做。

"您已经有账户了？在哪家证券公司？"曾雪芬问。

"联合证券。"丁友刚诚实地回答。

"哦，他们在莲塘好像没有营业部吧？"曾雪芬说。

"是。没有。"丁友刚说。

"那多不方便啊。"曾雪芬不像是在搞推销，倒像是在拉家常，完全在为丁友刚考虑。这口吻，让丁友刚觉得亲切。

"是。确实不是很方便。上次我想办银证通，就因为远，而且之前的营业部好像还换地方了，不好找，我就没去办。"丁友刚不知不觉也像是拉家常了。

"要不然这样，"曾雪芬说，"您不用排队了，您把交易账户转到我们营业部来，过户费三十元我们帮您出，我帮你办银证通，顺便走快捷通道，把您要办的其他业务一起办了。"

丁友刚没有任何拒绝的理由。就这样，他成了曾雪芬的客户，从此，有了一个能说话的人。

曾雪芬还为丁友刚更新了电脑。按照规定，资金超过五十万的客户，营业部奖励一台新款笔记本电脑，但如果曾雪芬不主动说，丁友刚并不知道这个规定，所以，丁友刚觉得曾雪芬蛮诚实。

丁友刚请曾雪芬吃饭，曾雪芬抢着买单，说这是惯例，只有业务员请客户的，哪有让客户请业务员的道理。

丁友刚拗不过曾雪芬，就想买点股票，让曾雪芬赚点交易费提成，否则，就觉得对不起曾雪芬，白占了人家便宜似的。

买什么股票呢？丁友刚对中国的股市不是很有信心。他当高管的公司虽然未能上市，但接受过上市辅导，知道什么叫"财务包装"，好比一个女人的艺术照，与本人不能同日而语，因此，绝对不能凭艺术照找老婆，也不能看上市公司公开所谓的财务报表选股票。丁友刚相信巴菲特的价值投资理论，但是，在"财务包装"合法化并且"上不封顶"的中国证券市场，哪只股票才真正具有投资价值呢？

丁友刚与曾雪芬探讨过这个问题。曾雪芬给了丁友刚许多建议。探讨的过程令人愉快，起码，有人跟丁友刚说话了，所以，丁友刚并不轻易否定曾雪芬的观点，鼓励她多说，还针对曾雪芬所说的内容提一点问题，提高曾雪芬发表高论的积极性。

丁友刚的态度是严肃认真的，每次听取曾雪芬的高论之后，他都要上网做功课，核对其消息来源和观点出处。如此交流了一段时间，丁友刚发现，曾雪芬推荐股票的依据是根据听来和看来的各种消息，而丁友刚认为这两个来源都不可靠。听来的消息，其实是小道消息，丁友刚坚信，即便是真正有价值的小道消息，等传到他这里，也过时了，而股票操作的精髓，是在合适的时机买入或卖出合适的股票，"时机"甚至比品种更重要，既然消息过时了，还能按此买卖吗？至于看消息，就是看上市公司公开发布的信息，丁友刚接受过上市辅导，经历过上市运作，十分清楚上市公司所谓"信息披露"的内幕，不敢说完全是为庄家服务的，起码也是为了配合股票上市、增发和二级市场炒作，所以，他不会轻易上当。不过，与曾雪芬的对话还是很有收获。丁友刚发现，或许自己真的老了，一个人单独思考，不如和别人一起探讨更能打开思路。特别当对方是一位妙龄且赏心悦目的异性的时候，这种"开化"的效果更明显。

正是通过与曾雪芬的多次探讨，丁友刚的炒股热情被调动起来，进而投入进去积极研究，他最终选定了贵州茅台。

　　基本理由有两条。第一，贵州茅台是百年品牌，在有限的时间内，中国名酒第一品牌的地位不可撼动，所以，公司起码不会倒闭，换句话说，买了贵州茅台，起码不会让自己血本无归。第二，看回报。他觉得，假如实在没办法选择，那么只有看投资回报，就是看每股分红。当时贵州茅台的股价大约是100元，每股分红加送股所得超过同期银行利息，即便不是为了帮衬曾雪芬，丁友刚买了该股也不会吃亏。所以，他决定买贵州茅台。

# 15

与"智能娃娃"的自以为是相反，"良家妇女"的态度相当谦虚，以至于丁友刚都不忍心回绝。

良家妇女：我可能不符合你的条件，但我想争取一下。

丁友刚感觉对方像是来"应聘"的，竟然产生一种微微的酸楚，有点同情对方。但他还是不动声色地问：哪方面不符合条件？

良家妇女：我36岁了，比你要求的年龄大了一岁。

丁友刚：没关系吧，不就差一岁嘛。

良家妇女：还有，我是大学专科毕业。

丁友刚不说话了。他不能一下子放宽两个条件，否则，就太没有原则了。或者说，范围太宽泛了而没办法选择。但态度决定一切，既然对方这么谦虚，丁友刚即使否定，也不能太生硬。他在想着怎么回答。

丁友刚：其实不是我自己挑剔，是现实太挑剔。我这样要求是为你考虑。

良家妇女：哦？为我考虑？怎么说？

丁友刚：因为我不能保证最后与你成为终身伴侣，你也不用做这个承诺。

良家妇女：这我知道。

丁友刚：所以，我理解你来深圳主要是想寻求发展，可深圳的现实你应该知道，超过35岁并且只有大专学历，除非你在其他方面特别出众，否则是很难在这里立足的，而我又不能保证对你负责到底。

良家妇女：谢谢！看来你还是一个比较负责的男人。

丁友刚：谈不上，只能说还比较有良心吧。

良家妇女：谢谢！在生存方面我还有一点自信。我是学营销的，有一定的工作和与人相处的经验，可以胜任的工作类别很广，比如售楼，或银行信用卡业务，养活自己应该不成问题。自身条件也还可以。长相不敢说"特别出众"，但在我们这个小地方还算出众。

丁友刚：那就好。能说说与人相处的经验吗？我觉得这是最重要的。

良家妇女：对。营销就是和人打交道。经验是换位思考。凡事不要太以自我为中心，要学会站在对方的立场上思考问题，放低自己，尊重对方，凡事多为对方着想，首先赢得别人的尊敬与信任，然后才能开展自己的业务。

丁友刚先给了一个大拇指，然后说：既然你有这个认识，加上自身条件不错，那么你应该生活得很好，在家乡也能有很好的发展，干吗一定要来深圳呢？

良家妇女：我们这里地方小，发展的空间窄，人与人之间都认识，而且小地方人特别喜欢"关心"和议论别人，稍微有些社交就被议论为"不正经"。老公因此猜忌，从动口到动手，有几次脸都被打肿了，我都不好意思出门上班。前段时间刚离婚，现在最希望能去特区发展。看了你的"租友启事"，感觉是专门为我设定的，所以，尽管不完全符合你的条件，还是鼓足勇气碰碰运气。

丁友刚：谢谢！你这样说我很感动，甚至有些不好意思。认识就是缘分，即便最后我们没有达成协议，如果你想来深圳发展，我也尽量帮你。

良家妇女：真的吗？我可当真了呀！

丁友刚：当然是真的。但我的能力也十分有限，关键还是靠你自己。

良家妇女：那当然，任何时候都要靠自己。但在一个人生地不熟的环境里打拼，关键时候有人帮一把非常重要，哪怕只有你这句话，我就感觉自己并不是孤独的，就获得了很大的安慰，所以，先谢谢你！

这话在丁友刚心里产生共鸣，他记得自己手下的一位工程师曾经说过，当初他刚来深圳的时候，第一次被老板炒鱿鱼，很无助，甚至很恐惧，仿佛在漆黑的夜晚被船长丢弃在一个荒岛上，那时候，他多么希望有人收留他住一晚上啊。尽管他当时身上有钱，完全住得起旅馆。

丁友刚：没关系。认识就是缘分。

良家妇女：是，缘分！说实话，我现在就想过来。我太压抑了，非常向往特区那种自由的空气。

丁友刚：特区也不像你想象的那么开放。深圳已经不是改革开放之初那种"前沿阵地"了。

良家妇女：知道。因为向往那里，我一直关注网上关于深圳的消息与评论，有些帖子说现在深圳在很多方面都保守。

丁友刚：的确如此。经过 30 多年的发展，很多当年闯深圳的人已经功成名就，成了有产阶级甚至权贵，他们不愿意打破已经形成的对他们有利的格局，不想继续再改变了，想推进深化改革也比较难。

良家妇女：是吗？这点我倒没注意到呢。

丁友刚：我在深圳，可能比你多关注多一些。

良家妇女：是吧。但即便如此，整个城市的文化氛围已经形成，社会风气已经养成，不是既得利益者能够左右的。比如那里的人非常宽容，不会背后说三道四。

丁友刚：这倒是。深圳节奏快，大家都很忙，没时间管别人的闲事，所以不会热衷于背后议论别人。但这也可以理解为是一种冷漠。

良家妇女：我喜欢这种"冷漠"。真的。我最讨厌周围人对我的过分"关心"。

丁友刚：我之前也是你这想法，但"内退"之后，忽然发现这种过分"关心"也很温暖。

"良家妇女"给出一个吃惊的卡通图案。

丁友刚：你之前深受其害？

良家妇女：是。要不然，我也不会离婚了。

丁友刚：你其实不想离婚？

良家妇女：当然。不是逼急了，哪个有孩子的女人想离婚？

丁友刚：后悔了？

良家妇女：也不是。既然离了，就往好的想，想着说不定是好事。

丁友刚：孩子呢？

良家妇女：孩子跟我。

丁友刚：他同意？

良家妇女：女孩。他和他妈都重男轻女。这也是我们离婚的另一个原因。

丁友刚：那你来深圳，女儿怎么办？你舍得离开女儿吗？

良家妇女：只能暂时委屈一下女儿了，先把女儿交给我妈妈带，等我在那边有了基础，再把女儿接过去。

丁友刚：你还蛮有信心？

良家妇女：是。如果不自信，我就不同意离婚了。如果我真不想离，他也不会坚持的。真的。

丁友刚：我相信。你说过，你蛮漂亮。

"良家妇女"给了一个害羞的卡通表情。说：如果你不介意，我发一张照片给你看看？

丁友刚：当然不介意。不过，按照对等的原则，我也应该发送一张我的给你。

"良家妇女"没说话，发过来一张照片。

果然是美女！不仅仅是脸蛋漂亮，而且身材也相当不错。背景是公园，好像是在晨练，或者在排练节目。穿了运动裤，有点紧身。如果是之前网上认识的一般网友，丁友刚肯定会大加赞赏，即使不怎么漂亮也大加赞赏。但这次不一样，这次是打算"租友"，而且对方如此真诚，丁友刚不能轻薄。他什么话也没说，赶紧找出自己的一张近照发过去。

　　良家妇女：好帅啊！

　　丁友刚：不会吧。只能说看上去不是太老。

　　良家妇女：真的很帅！埃菲尔铁塔？布景还是真景？

　　丁友刚：真景。春节去巴黎照的。

　　良家妇女：出差？

　　丁友刚：旅游。

　　良家妇女：真羡慕你！

　　丁友刚的心动了一下，差点就说"下次带你去"，但他没这么说，而是夸对方年轻，看上去根本没有 36 岁，也就 30 出头吧。

　　良家妇女沉默了一下，问：我能过来吗？我是说现在。

　　丁友刚真的不好拒绝，可又实在不能立刻答应，毕竟，只是看了一张照片啊，再说，这才第一天，哪能这么匆忙就做出决定呢，要是这样，不等于头一天上《非诚勿扰》就被人牵手走了？不是枉来一场？

　　丁友刚：如果你单纯过来玩玩，当然欢迎，我会像朋友一样接待你。

　　良家妇女：我们可以先从普通朋友做起。

　　丁友刚沉默，不知道该怎么回答。

　　良家妇女：怎么？为难吗？

　　丁友刚：主要是我们认识的时间太短，我想，我们需要进一步交流吧？

　　"良家妇女"不说话，给丁友刚的感觉对方在流眼泪，他差点就心软，让她立刻过来，但又觉得荒唐，觉得这样不合情理，不符合丁友刚发帖之前给自己定的"纪律"，所以，想了想，狠了狠心，说：先下了。

明天再聊，好吗？

良家妇女没说话，发过来一个祝他晚安的图片。丁友刚回敬一张晚安的图片，下了。

这一夜丁友刚并没有睡好。"良家妇女"沉默流眼泪的样子一直在他眼前晃。尽管他并没有看到对方流泪，但想象的画面有时候比真实的画面更有震撼力。他觉得自己太谨慎了，太教条了，也太狠心了。又自我安慰地想，说不定是骗子呢，我不能凭她一张照片就接受她做朋友啊。再说，谁知道照片上的人是不是她本人？对方是个男人也说不定。丁友刚决定明天和她视频。如果视频上和照片上是同一个人，并且她再提出今天的要求，丁友刚就答应。

这么想着，丁友刚就感觉放下了一件包袱，以为可以安心入睡了。谁知，还没有睡着，又想起新的问题。"良家妇女"来了住哪里？如果是"租友"，当然住一起，问题是"普通朋友"，来了就住一起肯定不合适。房间不是问题，床也不是问题，问题是，这不符合丁友刚发帖之前给自己定的规矩。再说，即使不考虑"规矩"，孤男寡女住在一起也不好。万一对方是骗子呢？住在一起，能说得清楚吗？我能把控住自己吗？即便我没有歹心，万一她自己主动呢？如果她主动，我该是接受呢还是该拒绝呢？接受显得轻浮，甚至有趁人之危之嫌；拒绝不近人情，更有假正经和欲擒故纵之嫌。即使"良家妇女"不主动，但表现出一种不拒绝的姿态，我是该装糊涂，还是顺杆子爬？

这么想着，哪里还能睡着！

## 16

丁友刚买入贵州茅台之后不久，就赶上股改，流通股每 10 股获得 20 股的补偿，也就是说，假如丁友刚当初买了一万股，通过股改就变成了 3 万股，而且，按照 3 万股作为基数，每 10 股分红 23 元。股改之后，股价除权变成 40 多元，但考虑分红和股份的增加，丁友刚仍然赚钱。此后，贵州茅台的股价有涨有跌，但总体上是一路上扬，最高的时候涨到 230 多元。可惜，丁友刚没有等到最高价。涨到 150 元左右的时候，丁友刚通过计算，发觉此时的分红所得已经低于银行利息。就是说，此时如果把股票卖掉，钱存在银行里，利息收入高于股票分红收益。

丁友刚当机立断，全部抛出。之后，该股仍然上扬，一度飙升到 230 多元。说实话，丁友刚有些后悔自己卖早了，要是再放几个月，哪怕守不到每股 230 元，守到 200 元、守到 180 元也好啊。可惜，当时他不知道，股票卖掉之后，还非常高兴，高兴得请曾雪芬吃饭。

这次曾雪芬没有拒绝，也没有抢着买单。大概是丁友刚请客的地方太高档，超出曾雪芬的消费水准吧。或者曾雪芬看着丁友刚赚了大钱，陪着高兴，自己作为当初拉他进来炒股的"功臣"，有责任与他一起分享喜悦。

既然不能买单，那就要说好话。曾雪芬那天说了丁友刚一大堆好话。

说丁友刚是她所认识的智商最高的股民，不仅会选股，而且会持股，说与丁友刚同期买入贵州茅台的股民，在股改之后不久就卖掉了，只有丁友刚，岿然不动，稳坐泰山，坚持到每股150元才卖，整整比其他人多赚了一倍，实在了不起，佩服。还说自己要多向丁友刚学习，等等。

或许，曾雪芬说的是心里话。她确实佩服丁友刚。或许，曾雪芬仅仅是出于礼貌，甚至是出于职业习惯，及时、足额地表扬客户是推销员的基本守则。但不管出于什么动机和目的，效果一样。丁友刚不是圣人，他也有虚荣心，也喜欢听赞美和夸奖，尤其是退休之后，几乎听不到任何赞美和表扬了，偶尔"温故知新"一下更是享受，所以，他心情不错。

出于习惯，从小到大，丁友刚每次听到赞美或表扬，都要谦虚一番。这次也不例外。他说："哪里是什么高智商，碰巧罢了。"

"丁总谦虚了，"曾雪芬说，"我们做业务员的，别的本事没有，但天天与人打交道，看人的经验多少还有一点。说实话，您的水平，其实比那些所谓的专家都高。"

这话说到丁友刚的心坎上。他确实觉得许多所谓的专家其实狗屁不通。不是水平不行，就是庄家的托儿。

但是，他不能这么说。丁友刚说："也不能这么说。毕竟，我是学化学的，对证券一知半解，也就是当初接受上市辅导的时候，学了一点皮毛。"

"丁总是学化学的？"曾雪芬表现出一定的兴趣。

"是。"丁友刚说。

接着，丁友刚就把自己当年怎么从大别山考上中南化工专科学校，又怎么样从江南化工厂考上中科院研究生，再怎么样从青海来深圳，甚至怎么样离婚，怎么被提前退休，毫无保留地对曾雪芬说了。

他不知道自己为什么要说这么多。是因为曾雪芬帮他赚了几百万，心情特别好？因为觉得曾雪芬特别值得信任？还是因为自己压抑的时间太长了实在需要释放？或者是把曾雪芬当成了观音菩萨或圣母玛利亚，自己罪恶的心灵需要在她面前忏悔？

丁友刚不担心说出来之后，曾雪芬会不会把他看作一个忘恩负义的小人，甚至，他就希望曾雪芬认透他的罪恶本质，把他臭骂一顿，这样，丁友刚心里反而会好受一点。

可是，曾雪芬听后，并没有骂丁友刚忘恩负义，她好像对此完全不在意，倒是对丁友刚最后关于自己被提前退休的义愤，表现出截然相反的看法。

"提前退休好啊，"曾雪芬说，"时间完全属于自己，想睡到几点就睡到几点，想做什么就做什么。"

"可惜我睡不着啊，也没事可做。"丁友刚说。

曾雪芬瞪着一对大眼睛，不可思议地看着丁友刚，然后忽然仰起脸，像是对天说："要是我，每天能睡到自然醒，只做自己想做的事情，只跟自己不讨厌的人打交道，该多好！"

"怎么，你现在不好吗？"丁友刚问。

曾雪芬迅速收回目光，看了丁友刚一眼，然后盯着自己面前的餐具，叹出一口气，轻声说："其实我是三无人员。"

"三无人员？"丁友刚不解。在他的印象中，所谓三无人员，身上脏兮兮的，居无定所，食不果腹，哪里像曾雪芬这样衣着鲜亮，精神抖擞，笑容可掬，日理万机。

曾雪芬笑了一下，说："标准的'三无人员'。无房、无车、无户口。"

"年轻就好。"丁友刚说。

"也不年轻了，都37了。今年是我的本命年，过年就37。"曾雪芬说着，微笑的脸上忽然滚下了眼泪。

丁友刚有些错愕。不知道是该陪着曾雪芬哭，还是应该把她逗笑。说实话，他看出曾雪芬有30了，但没想到已经37了，而且，长这么大，丁友刚还是第一次看见人笑着笑着突然流眼泪的。

丁友刚很想安慰曾雪芬，但不知道该怎么安慰。因为，他不清楚曾雪芬为什么会突然流眼泪。

曾雪芬很快控制住自己的情绪，用餐巾纸清理自己的眼泪。不是擦，而是蘸，把餐巾纸捏成一个小纸团，一点一点地在自己眼睛周围蘸，这样能把眼泪吸干，且不破坏眼妆。

　　丁友刚为曾雪芬续了一点茶。曾雪芬腾出手在桌子上轻轻敲几下，表示感谢，同时挤出笑容，说："不好意思。"

　　"没事没事，"丁友刚赶紧说，"你还没有结婚？"

　　说完就后悔。怎么能这样问人家呢？主要是曾雪芬说自己37了，丁友刚认为这个年龄的女人应该结婚了，可他感觉曾雪芬好像还没有结婚，比如和他一起吃饭的时候，从来没有接到家里人的电话，所以就有疑问，一不留神，嘴上就问出来了。丁友刚觉得自己不该这样问，太直白，不礼貌，会伤着对方。

　　曾雪芬一听，眼泪居然又出来了，吓得丁友刚赶紧闭嘴。

　　曾雪芬再次控制住自己的情绪，再次用餐巾纸清理眼睛，再次说"不好意思"。

　　这次，丁友刚只为曾雪芬续茶，没敢说任何话。

　　俩人沉默了一会儿，曾雪芬自己说话了。说得很平静。可能是刻意让自己平静。

　　曾雪芬说，又要过年了，她都不敢回家，每次回去，见到母亲唉声叹气，都不知道该怎么安慰，感觉自己是世界上最不孝顺的女儿，都奔四了，还尽让父母操心。

　　"父母为子女操心，本来就是一种幸福。"丁友刚说。他不禁想到自己，他倒希望为儿子操心，可惜没机会。他还想到父母。父母在世的时候，其实他也没尽多少孝心，甚至，他都没接父母来深圳玩过，一是因为忙，二是因为自己离婚了，不想让父母看到自己的单身状态。父母去世之后，再想尽孝，却没机会了。

　　"也是。"曾雪芬尽量笑着说，"不过，现实摆在这里啊。每次回家，父母最关心的就是我结婚没有。问我有没有男朋友。其实不用问，当然还没有，如果有，我能不带着男朋友回家见他们吗？但是，我都不知道该怎么回答。"

"你恐怕太挑剔了吧？"丁友刚只能这么说，他不能说曾雪芬是因为个人条件太差而嫁不出去，事实上，在丁友刚看来，曾雪芬的条件也不差。

"你们怎么都这么认为？"曾雪芬说，"和我妈口气一模一样。其实我哪里挑剔了。不管怎么说，我也算是白领，总不能找一个蓝领吧。"

丁友刚点点头，表示赞同，心里想，是，确实应该找一个白领，找个蓝领，比如找个送桶装水的工人，好像确实不般配。

"但你看看，"曾雪芬继续说，"哪个白领愿意娶我？比我年轻的，不用想了；比我年长的，条件差的我瞧不上，条件好的，干吗找我这个奔四的，找个 20 多岁的不好吗？"

"你说的'条件好'指什么？"丁友刚问。

"起码得有房吧。"曾雪芬说。

"就这？"丁友刚问。

"就这。"曾雪芬说。

"未必吧。只要有房就行？那你不等于嫁给房子了？"说完，丁友刚自己都笑了。

曾雪芬也笑了。说："我也说不清楚，但有房子是最基本的吧。"

"这还差不多，"丁友刚说，"不相信你看，真来一个有房子的找你，你肯定不会立刻答应，肯定还会有其他要求。人品啊，年龄啊，受教育程度啊，经济状况啊，是不是离婚的呀，是不是带着孩子啊，是男孩还是女孩啊。你看吧，考虑的问题多着呢。"

# 17

昨天晚上想着"良家妇女"万一真来深圳，在他这里住的问题，因为这个问题比较现实，丁友刚的思考就很投入，所以很久没能入睡，第二天起床较晚，上网的时候差不多就是中午了。一上来，就发现自己的QQ几乎被呼爆。闪烁的小喇叭和跳跃的小企鹅交替出现，还伴随不停的咳嗽声，此起彼伏。一点击，冒出的不是一个，而是一大溜闪烁的小喇叭、小企鹅和各种卡通图案。有熟悉的，也有陌生的。丁友刚"喜旧厌新"，先找"良家妇女"，居然没找到。他不禁担心起来。难道她生气了？难道我昨天的态度伤害她了？她不会因此绝望走上轻生的道路吧？如果因为自己昨晚的态度导致"良家妇女"轻生，那自己就造孽了！又想，不至于吧。可是，她怎么会没上来呢？不合逻辑啊。按照她昨晚那种泪眼婆娑的样子，今天一大早就该上来和我打招呼才对啊。丁友刚百思不得其解，最后，竟然想象"良家妇女"已经在火车上，此时正在开往深圳，所以不方便上QQ。

这倒是有可能的，也是丁友刚可以接受的。大不了就是请她吃顿饭，帮她找工作，安排她住宿。一想到"住宿"，丁友刚就不禁看了一眼自己的家，想象这"良家妇女"住在他家的情景，居然感到了温馨与兴奋。

别做梦娶 丁友刚给自己泼了一瓢凉水，重新把注意力放到QQ上。

在一大溜闪烁、跳跃的图案中，他最熟悉的是"女妖"，于是，先点击"女妖"。

嗬！也是一大溜招呼！有卡通图案，也有语言问候，还有做鬼脸。最早的一个居然是在早晨六点。

真是"女妖"！难道她晚上不睡觉？

丁友刚：你好！对不起，刚上来。

见对方没反应，丁友刚又说：不好意思，昨晚没睡好，所以上来晚了。

女妖：遭受艳遇了？

丁友刚：还真被你猜中了。

女妖：分享一下。

丁友刚：她说她想立刻过来。

女妖：一见钟情？

丁友刚：不。她刚离婚，正好想离开那个小地方，想来深圳。

女妖：那不是正中你的下怀？

丁友刚：我没这么浅薄吧。

女妖：男人不都是动物吗？

丁友刚：女人是植物？

"女妖"给出一个哈哈大笑的动画。

丁友刚：可是，她今天却没有上QQ。

女妖：你找她了？

丁友刚：没有。

女妖：那你怎么知道她没上来？

丁友刚：她没主动和我打招呼。而昨晚她给我的感觉是泪眼婆娑、迫不及待的样子，我还愧疚了大半夜呢。

女妖：你拒绝她了？

丁友刚：也没有。我说大家应该再进一步交流交流，想着她今天一大早就该上来打招呼，继续"交流"，结果没有。

女妖：结果一大早上来打招呼的是我。

丁友刚：哈，我不是这个意思。你怎么这么早就上网了？

女妖：习惯了。

丁友刚：不是想我了吧？

女妖：美得你！

丁友刚：开玩笑。

女妖：还真想你了。

丁友刚：不会吧？！

女妖：想着昨天和你没有结束的对话。

丁友刚：能上视频吗？

女妖：为什么？

丁友刚：起码，我得确认你是男是女吧。

女妖：当然是女性。你感觉不到？

丁友刚：感觉有时候不可靠。

女妖：好吧。但你不能有进一步的要求。

丁友刚：什么要求？

女妖：我是不会裸聊的。

丁友刚：裸聊？我怎么会要求你裸聊？你和别人裸聊过？！

女妖：没有。

丁友刚：那你怎么想起来说裸聊？

女妖：我被别人要求过。对方和你现在一样，先说视频，后要求裸聊。

丁友刚：和我一样？我没要求裸聊啊！

女妖：我是说开头一样，都是说上视频。

丁友刚：冤枉死啦！你不说，我都想不起来这个词！

女妖：你没裸聊过？

丁友刚：完全没有！也没有被要求过！

女妖：那说明我比你先进。

丁友刚：是。先进太多了。

女妖：好了，上视频吧。

上视频很简单。点击QQ对话框上一个小摄像头一样的标记，电脑立刻发出打电话一般的嘀嘀嘀响声，并且有拨号的显示，对方一点击"接受"，就能视频了。

是女人。而且是个蛮漂亮的女人。比"良家妇女"年轻，也比"良家妇女"瘦，至少脸看上去瘦一些。感觉还没结婚，至少没有生过孩子。但不如"良家妇女"漂亮，或者说没有"良家妇女"妖媚。大概是没有化妆的原因吧。

丁友刚还注意到一个细节，"女妖"是在家里，而不是在网吧或办公室，因为她的背景有衣柜。

视频中的"女妖"也在认真地看他，表情很专注，仿佛是要看穿他的心灵，但没看一会儿，"女妖"就把视频关了。对话框显示视频时间1分27秒。

丁友刚：断了？

女妖：还没看清楚吗？

丁友刚：没看够。

"女妖"给了一个鬼脸。说：至少，你能确定我是女人了吧。

丁友刚：不能确定。现在男扮女装的多着呢。

女妖：那你说怎么办？

丁友刚：还是按照你说的办吧，裸聊，坦诚相待。

"女妖"给出一个愤怒的表情。

丁友刚：不能一直视频聊天吗？

女妖：不习惯，总有一种被窥视的感觉。还是这样盲聊注意力集中一些。

丁友刚：你在家里？

女妖：是啊。你不也是嘛。

丁友刚：我不上班的。

女妖：我在家里工作。

丁友刚：什么工作？

女妖：在电脑上工作。

丁友刚：与网络有关？

女妖：算是吧。

丁友刚：网站管理？

女妖：差不多吧。

丁友刚：收入怎样？

女妖：一般。我们还是接着昨天的话题吧。

丁友刚：好，听你的。

女妖：乖！

丁友刚给了一个假装害羞的表情。

女妖：昨天说到了你第一次遗精。

丁友刚有些警觉，又有些不好意思。问：你记得这么清楚？

女妖：是。我这个QQ号码是专门为你注册的，只与你一个人对话，只要一打开，点击聊天记录，就能看到昨天的对话。

丁友刚：你不是间谍吧？

女妖：真聪明！居然被你一口猜中。

丁友刚给了一个夸张的、吃惊的表情。

女妖：别紧张。心理间谍。

丁友刚：没听说过。

女妖：我发明的。

丁友刚：你是心理医生？

"女妖"发过来一个不可理喻的表情。

丁友刚：不是？

女妖：当然不是。

丁友刚：那你怎么对我的第一次遗精这么感兴趣？

女妖：我说实话，你不要紧张，更不要误解。

丁友刚：好。我不紧张，也不误解。

女妖：我是写手。

丁友刚：写手？

女妖：对。传统的说法叫作家，但我是靠写网络小说吃饭。

丁友刚：你在我这里找素材了？！

女妖：不全是。

丁友刚：还有什么？

女妖：还有就是你说的条件很适合我，所以，我算是应征者。

丁友刚：应征者？

女妖：是啊。你不是打算"租友"吗？我有兴趣啊。

丁友刚：不开玩笑吧？

女妖：不开玩笑。

丁友刚：怎么会呢？你不是作家吗？

女妖：是写手。你也没说不接受写手。

丁友刚：你得给个理由吧。

女妖：什么理由？

丁友刚：你对"租友"有兴趣的理由。

女妖：昨天还在试探，今天看了视频，又听说你对昨天"艳遇"中女主角的担心，感觉你还不错，对你有点"兴趣"了。

丁友刚：你说，我听着呢。

女妖：我是网络写手，但希望成为真正的作家，尝试着投了两次稿，感觉还可以，所以，我想做一名真正的作家。

丁友刚：那好啊。

女妖：可当真正的作家我吃什么？

丁友刚：不是有工资吗？还有稿费。

"女妖"传过来一个哈哈大笑的表情，说：老大，你 out 了吧？

丁友刚：是吗？

女妖：当作家谁给工资？

丁友刚：我印象中作家是有工资的呀，好像还很高。

女妖：你说的那是 20 世纪 50 年代吧？那时候我还没有出生呢。

丁友刚：现在也差不多吧？

女妖：是。你知道中国有多少网络写手吗？

丁友刚：不知道。

女妖：网络写手很多，多得数不清，都没有工资。而且，很多地方已经取消"专业作家"编制了。

丁友刚：应该。

女妖：你现在做什么工作？

丁友刚不想说自己已经内退了，更害怕说"退休"，所以就回避这个话题，说：不要跑题。还是说你自己吧。说你对我"租友"有兴趣的理由。

女妖：啊，是。我现在是网络写手，但我想成为真正的作家。

丁友刚：有区别吗？

女妖：有。很大。

丁友刚：多大？

女妖：性质不一样，写作的动机和方式也不一样，成功与否的评判标准更不一样。总之，它们不是一种职业。

丁友刚：太笼统了。不要概括，说具体一点。

女妖：作家为文学写作，写手为市场写作。

丁友刚：还是太抽象。

女妖：作家心里装着文学的高度，是很崇高的，被人称为"人类灵魂的工程师"。

丁友刚：这我知道。写手呢？

女妖：写手心里想着点击率，一切为了迎合读者。为了赢得"人气"，写手不得不千方百计抓住读者，有时候甚至写一些违心的东西，比如编造自己的"绝对隐私"，假装自己是妓女，甚至男写手假装成纯情少女，写自己被上司"潜规则"了，说自己莫名其妙地怀孕了，等等。

丁友刚：有这种事？

女妖：没办法，靠点击率养活自己，必须每天更新故事，不瞎编怎么办？

丁友刚：那也不容易啊。

女妖：当然不容易。我平均每天写五千字。

丁友刚：这么多？

女妖：不算多。有的每天写一万多字。

丁友刚：天天如此？

女妖：是。读者耐性差，选择的范围广，写手停一天，读者就可能走一半，三天不写，读者跑光。临走的时候还说难听话，甚至骂娘，再也不看你的作品了。

丁友刚：这样啊？素质也太差了吧？

女妖：不敢说读者素质差，只能说我们自己水平差。

丁友刚给了一个撇嘴的表情，问：每天写一万多字，不是把人写疯了？

女妖：是。所以我感觉网络写手都是天才，不相信做个试验，让传统作家上来写，不要说一万，就是每天写五千，而且要做到故事吸引人，能把读者带到你的故事里来，让读者天天跟着你读下去，这样坚持半年试试看看。

丁友刚：估计他们做不到。

女妖：肯定做不到。

丁友刚：所以，你觉得自己其实是有文学天赋的，当网络写手吃亏了。从事传统文学的人，大多数当不了网络写手，而成功的网络写手，只要让他们生活无忧，享受"专业作家"的待遇，他们就能写出纯文学作品。

"女妖"给出一个大拇指，说：聪明！！就是这个意思。

丁友刚：明白了。所以你想当真正的作家，而不是写手。或者说，你想从一个网络写手华丽转身变成一个真正的作家。

女妖：是！！正确。

丁友刚：那很好啊，你不是已经做尝试了吗？

女妖：是做尝试了，可稿费太低。我尝试着写了几个中短篇，结果只有一个短篇在一家省级文学刊物上发表。

丁友刚：那也不错啊，很多人一辈子都没发表一篇呢。我年轻的时候就多次投稿，到现在也没有发表。

女妖：是不错。但稿费才几百块，还不够请编辑吃一顿饭。

丁友刚：这么低？

女妖：是。但我仍然想成为真正的作家。想为了文学上的成就，而不是为了点击率甚至是为了迎合低级趣味写作。再说，这样天天五千字身体也吃不消，必须趁早考虑退路。

丁友刚：支持！

女妖：真支持还是假支持？

丁友刚：真支持！

女妖：成交！我过来，你养我，让我安心写作，不是为了点击率，而是为了文学高度。

丁友刚：啊？！

女妖：怎么？害怕了？说话不算话了？嫌我长得丑？不符合你的条件？

丁友刚：不是不是。

女妖：那是什么？

丁友刚：是我觉得自己配不上你。

女妖：借口！！绝对是借口！！！

丁友刚：息怒！不是借口，是真的。你那么年轻，又那么漂亮，还这么有才，我什么都没有，就一个糟老头。

女妖：还有嫌女人年轻的？

丁友刚：不是我嫌你年轻，是担心你嫌我太老。

女妖：我不嫌你老啊。我觉得你这个年龄正好。

丁友刚：哦？为什么？

女妖：第一，你说自己有一定的经济基础，那就是真有经济基础。

丁友刚：这是真的。

女妖：并且，你不会把自己的经济基础折腾掉。换上年轻人，即使真有经济基础，也可能一不小心被折腾光。

丁友刚：是。我不想折腾了。

女妖：第二，应该比较宽容，因此也就比较包容。而我既然想当真正的作家，就少不了与编辑和评论家交往，相信你能理解，能包容。

丁友刚：你这是打预防针？果真如此，也有限度，我不能容忍你与别人裸聊。

女妖：哈哈哈哈哈……记仇呢。

丁友刚：不是记仇，是想说我也不会无限宽容。

女妖：那当然，我也会有分寸，但相对年轻人来说，知天命的人应该更宽容一些，至少不会无端猜忌和冲动。

丁友刚：那倒是。

女妖：所以，我愿意"成交"。

丁友刚：这个……太快了，我还没有准备好。我以为"租友启事"发出去后，根本没有人响应，就是有响应，也大多数是恶作剧者，甚至是骗子，没想到才两天就有两个愿意立刻过来的。

女妖：美得你！我什么时候说我愿意过来了？！

丁友刚：你刚才不是说要我养你，还说"成交"。

女妖：你当真了？

丁友刚：是。我是认真的。

女妖：我也不是开玩笑。但眼下不会，眼下只是作为一种可能性探讨。

如果真到那一天，我也不会自己过来，而是要你过来接我，请我。

丁友刚：啊？好。等决定了，我来接你，请你。

"女妖"给出一个灿烂的笑脸。说：这还差不多。

丁友刚：刚才你确实吓着我了。虽然我发了"租友启事"，但并没想到立刻"成交"，我还没有准备好。

女妖：是不是因为还没有"处理"好？

丁友刚：处理？处理什么？

女妖：是不是有另一个女人在你身边，你先把她的事情处理好？

丁友刚：没有。如果有，我不会发"启事"的。

女妖：那你还要做什么准备？

丁友刚：心理准备。我没想到这么快，以为这是一个漫长的过程，甚至是不可能完成的过程，没想到这么快。

女妖：你又当真了？我说了，我只是作为一种可能性，并不是最后的决定。

丁友刚：我不是说你。我说"良家妇女"。

女妖：良家妇女？

丁友刚：就是昨天那场"艳遇"中的女主角。

女妖：你自作多情了吧？

丁友刚：怎么说？

女妖：你和她视频了吗？

丁友刚：没有。

女妖：那你怎么确定她是"女"主角？

丁友刚：是一种感觉。

女妖：你不是说感觉并不可靠吗？不是要求和我视频吗？怎么没有要求她？

丁友刚：她发来照片。

女妖：哈哈哈哈哈……你太可爱了！

丁友刚给出一个不好意思的表情，说：是啊，照片不能说明任何问题。

女妖：能问一个问题吗？

丁友刚：可以。

女妖：保证正面回答我？

丁友刚：保证。

女妖：你发启事的真正动机是什么？深圳那么多美女，不够你挑选的吗？

丁友刚：这怎么说呢。深圳美女确实多，但未必都任我挑选。

"女妖"给出一个笑脸。

丁友刚：还有，如果在深圳本地找，我就失去了地域优势。

女妖：地域优势？你觉得深圳是一种"地域优势"吗？

丁友刚：相对而言吧。深圳对很多女性来说还是有一定的吸引力的。

女妖：我没这种感觉。

丁友刚：还是要实事求是。

女妖：我就是实事求是。我没觉得深圳有什么了不起。

丁友刚：同样是我这个启事，假如把深圳换成中部的一个小城市，你还会有兴趣吗？

女妖：那也说不定。

丁友刚：你是说不定，但不可否认，深圳对很多人还是有一定的吸引力的。比如"良家妇女"就认为深圳很包容，所以才向往的。

女妖：深圳很包容吗？

丁友刚：当然。

女妖：包容到什么程度？

丁友刚想了想，说：比如我发"租友启事"。

女妖：这在哪个城市都可以啊。

丁友刚：是可以，但落实起来只有深圳。

"女妖"给了一个反对的手势。

丁友刚：你没理解"落实"。

女妖：你说说。

丁友刚：如果落实，你或者"良家妇女"或其他某个美女会住到我家来。

女妖：是啊。

丁友刚：但住一段时间有可能觉得不合适，走了，换一个美女来住。

女妖：是。

丁友刚：如果在上海，居委会老太太肯定找麻烦，报警告我嫖娼也说不定。

"女妖"给出一个忍不住大笑的表情，然后问：深圳不会吗？

丁友刚：深圳没有"居委会"。

女妖：不会吧？

丁友刚：有，但我感觉不到，至少感觉不到"居委会老太太"的存在。

女妖：可能存在的形式不一样吧。

丁友刚：是不一样。

女妖：好了好了，不说"居委会"了，你说第三。

丁友刚：扯远了，"第三"被扯忘掉了。

女妖：再想想。

丁友刚：第三，我感觉深圳的女人都不单纯了。

女妖：其他地方的女人也不单纯。

丁友刚：相对而言吧。比如你，比如昨天的"良家妇女"，给我的感觉都比较单纯，或者说比较真诚。

女妖：良家妇女？哦，是。你还在想着她？

丁友刚：也不是"想着"她，只是没放下。

女妖：一个意思，还是想着她。

丁友刚：好。想着她。我有点担心。她如果今天上QQ找我了，继续昨天的话题，或者仅仅与我打一个招呼，我就不担心了。可她今天没上来，连个招呼都没打，我隐约有些不放心。

女妖：担心什么？

丁友刚：不会因为我的拒绝让她想不开吧？

女妖：哈哈哈哈哈……

丁友刚：可笑吗？

女妖：你太自作多情了吧？仅仅是 QQ 上聊了一次天，她就能为你殉情？

丁友刚：不是为我殉情，或许是她本来就打算不活了，看到我的启事，有点好奇，也似乎看到了新的希望，因为她说了，感觉我的启事是专门为她设计的，所以，燃起了她新的希望，而我的拒绝，可能扑灭了她的希望，所以……

"女妖"没说话，也没有发过来任何表情。

丁友刚：在吗？你下了吗？

女妖：在。方便把你们昨天的对话给我看看吗？

丁友刚想了想，说：不好，这样对她不尊重。另外，我也希望你不要把我们的对话给其他人看。

女妖：给谁看？放心，肯定不会。

丁友刚：也不要写到你的书里面。

女妖：好。啊呀！不好了，版主催我了，我要码字了。拜拜！

丁友刚忽然感到一阵惆怅。他觉得"女妖"太自我了，想来就来，说走就走，连个招呼都来不及打的样子，倒是"良家妇女"，好像比较善解人意，有女人味。或许，自己要找的，就是这种"女人味"？不过，他又觉得自己也喜欢女妖这种风风火火、简简单单、大大咧咧的性格，感觉如果和"女妖"生活在一起，应该更满足、更开心、更有情趣一点。但"女妖"已经忙着码字去了，丁友刚不便打扰，还是先找"良家妇女"吧。

## 18

丁友刚其实是在说自己。他也考虑过再婚，有时感觉就要成功了，可最后关头总是前功尽弃。没谱的事情就不提了，比较有谱的是以前他们公司的办公室主任，各方面条件都不错，长头发，高个子，瘦条条的，见人开口笑，给人温暖热情的感觉，和曾雪芬有点相像，但比曾雪芬白一些，高一些，脸上器官也精致一些，总经理有意撮合他们，女方也比较主动，丁友刚都动心了，可一考虑结婚，就冒出许多具体问题。最大的问题是女方带着一个儿子。她儿子比较调皮，没有分寸，丁友刚不喜欢。一想到自己的儿子常年不能见面，却养一个别人的儿子，不知道该掌握什么样的管教分寸，打不得，骂不得，养成仇人也说不定，将来还要与自己的儿子争财产，等等，再考虑到自己与办公室主任是上下级关系，处理不好影响很坏，趁早知难而退，放弃了。

曾雪芬再次笑了。说："是。那是年轻的时候，现在不敢考虑那么多了。只要对方在深圳有房子，看上去还算顺眼，愿意娶我，就行。"

丁友刚感觉时代确实不同了，如今即使像曾雪芬这样还没有结过婚的女人，说起婚嫁，一点都没觉得不好意思。同时，他也感觉到曾雪芬对自己的真诚与信任。

"没有吗？"丁友刚问。

"在哪？"曾雪芬反问。

"你接触的人多，客户基本上都有房子吧？难道就没有遇到一个顺眼的？"丁友刚说。

曾雪芬这次真笑了。不是职业习惯的微笑，而是苦笑。说："有。当然有。但不是年纪比我小的，就是有老婆的。我总不能去当第三者，做小三吧。"

"当第三者当然不必，但比你小一点也无所谓。"丁友刚说。

"我是无所谓，可人家不干啊。我 37 了，对方小一点，三十二三岁，如果在深圳有房，看上去也顺眼，干吗不找二十五六岁的结婚，来娶我这个老大姐？"

"也不能说是'老'大姐吧，"丁友刚那重音落在"老"字上，说，"不过才 30 多嘛，你要是'老'大姐，那我不是老爷爷了。"

曾雪芬笑出咯咯声来。既开心，又有些不好意思，边笑边说："绝对不是这个意思。您看上去一点也不老，很精神的。"

"真的？"

"真的。"

"安慰我吧？"丁友刚不信。

"是真的。男人 50 一枝花嘛。"

"那……"丁友刚后面的话还没敢说，脸就红了。

关于曾雪芬，丁友刚不是没想过。他们不仅是客户关系，也是朋友，而且几乎是丁友刚在深圳唯一能随时说话的朋友。在心理上，丁友刚甚至对曾雪芬产生了依赖。刚来深圳的时候，丁友刚半夜三更忽然有什么想法，就想给菁菁打电话，最近，偶然产生同样的想法，他第一个想到的不是菁菁，也不是以前他们公司的那个办公室主任，而是曾雪芬。但是，他不敢让这种想法发展下去，觉得这是不可能的。不过，今天突然听说曾雪芬已经37了，而且迫切想嫁人，又觉得也并非完全不可能。在深圳，夫妻年龄相差十几岁并不稀罕。

丁友刚增加了几分自信，想试探一下。

丁友刚不是轻浮的人，但也不是圣人，他问："你刚才说比你年纪小的不可以？"

"不是我说不可以，是对方不愿意。"曾雪芬纠正说。

"假如对方愿意呢？"丁友刚又问。

曾雪芬想了想，说："也不行。去年有过一个靓仔追过我，但我不敢啊。他年轻，玩几年不耽误，我耽误不起啊。我想找一个年纪大一点的，基础稳定一点的，踏踏实实过日子。"

"大多少？"丁友刚问。

"大多少？"曾雪芬好像不清楚丁友刚问什么"大"多少。

"是。"丁友刚说，"你说打算找一个年纪大一点的踏踏实实过日子，我问大多少，比如，像我这种年纪，在你能接受的范围之内吗？"

这下，该曾雪芬脸红了。

"这个、这个……"

"我知道，你不会嫌弃我年纪大，但你父母未必能接受。这样，如果方便，今年我陪你回老家过年，就当是普通朋友。不住你家，我住你家附近的宾馆。如果你父母没意见，我们正式发展，如果他们不接受，我们就保持现在这样，仍然是好朋友。"

丁友刚既然打算采取主动，就必须把话挑明，不让曾雪芬把"但是"说出来，至于曾雪芬心里是什么态度，那是她的事情，丁友刚自己这边不会留下任何遗憾。他相信，他这样说，即便曾雪芬不愿意跟他发展，至少也不会轻易得罪她，大家还是朋友。

曾雪芬的脸已经不红了。她没立刻回答丁友刚的建议，矜持了一会儿，说："这个问题太突然，容我考虑一下，好吗？"

"好。"丁友刚说，"反正过年还早，你慢慢考虑。这期间，如果你遇到更合适的，我祝贺你。"

# 19

丁友刚心里还惦记着"良家妇女",他打开自己的QQ好友目录，主动点击"良家妇女"，先给了一个阳光灿烂的笑脸，然后说：你好！

没有应答。

丁友刚只能耐心等待，急也没有用，不像电话，如果对方不接，他可以一遍又一遍地打，而网络交流，如果对方不在线，你怎么呼唤也没用，所以，丁友刚决定先去看看其他"好友"。

他浏览了一遍闪烁的小喇叭、小企鹅和各色头像，决定先点击小喇叭，把对方接受成"好友"再说，广撒网嘛。

照例，新加他的"好友"未必都搭理他，但也有几个立刻回应的。其中一个叫"天若有情"，她对丁友刚的"租友"动机产生了质疑。

天若有情：你不是变相买春吧？

丁友刚：当然不是。

天若有情：怎么证明？

丁友刚：如果想买春，用不着这样舍近求远，而且你不觉得这样成本太高，给自己找麻烦吗？

天若有情：怎么成本太高？

丁友刚：即便对方只住一天，我也得付给她三千元。

天若有情：比买春还贵？

丁友刚：当然。

天若有情：你还很有经验？

丁友刚：没有。但经常收到类似的短信，所以，行情还是知道的。

天若有情：其实你就是有这种经验也没关系。

丁友刚：是吗？

天若有情：对头！

丁友刚：你是四川人？

天若有情：你怎么晓得？

丁友刚：你说"对头"。

天若有情：你们怎么说？

丁友刚："正确""回答正确""加十分"……反正不说"对头"。

"天若有情"发过来一个笑脸。

丁友刚：说正经事吧。我这是专门用来"租友"的QQ。

天若有情：我还是觉得你的"租友"是一种变相的买春。

丁友刚：不一样。

天若有情：既然是"租"，就该给租金吧？同样涉及性，涉及补偿，涉及金钱，本质上和买春有区别吗？

丁友刚：我不直接给钱。

天若有情：只是方式不同罢了。

丁友刚：你要是这么说，结婚也是"买春"，因为也涉及性，涉及金钱。

天若有情：那不一样。

丁友刚：怎么不一样？

"天若有情"不说话了。或许是在想，想着怎么回答丁友刚。

丁友刚不打算无限期地等待下去，也不想让对方尴尬，于是说：

不仅从我这边，从对方考虑也一样。假如对方真打算卖淫，她是不会接受我这种支付方式的。她们会嫌麻烦，不如直接收钱好。所谓"买春"，必须是双方的，有买的，也有卖的，只要有一方不成立，"买春"就不成立了。

天若有情：别偷换概念。我并不承认你的"假如"。假如我是卖方，我可能接受你的支付方式。比如我先答应你的条件，然后做出一些非常出格的事情，迫使你赶我走，等你赔偿我两个月的生活费外加十天旅馆费用，不是更划算？

丁友刚：你能做出什么样出格的事情？

天若有情：比如我不让你碰我。

丁友刚：这不可能吧？

天若有情：怎么不可能？我完全能够做到，很多女人都能做到。

丁友刚：假如你是卖方，你就不可能做到。

因为我是不会与她达成协议的，也就是说，我不会让她到我家来住一晚上就赶她走的，她的目的不可能得逞。

天若有情：问题是你根本不知道她是什么人啊。

丁友刚：无论对谁，我都不会轻易与对方达成协议，要过很多关。QQ交流只是第一步，第二步是视频，第三步是见面，是什么人，当面交往应该能看出来的。

天若有情：那不一定。现在有些卖的人，看上去简直就是纯情少女。

丁友刚：倘若如此，那就不存在你说的住在我家却不让我碰了。

天若有情：为什么？

丁友刚：因为见面之后肯定还有进一步的交往，包括像男女朋友一样的交往，然后才可能达成协议，才会把她带到深圳，带回我家。

天若有情：你是说在达成协议之前，其实女方已经让你"碰"了？

丁友刚：是啊。既然之前就已经"碰"了，怎么可能住到我家之后反而不允许"碰"呢？

天若有情：如果这样，那你自己就是骗子。

丁友刚：我是骗子？骗什么？

天若有情：骗色啊。你通过这种方式，其实并不需要和任何人达成"租友"协议，就可以与许多女性先成为"男女朋友"。"碰"完之后，溜之大吉。

丁友刚：不会吧？太麻烦了吧？

天若有情：怎么麻烦？不麻烦啊。

丁友刚：至少，我要先去对方那里吧？往返机票加宾馆住宿，费用很高？

天若有情：那不一样。"买春"只能买到那种货色，而通过"租友"，你可以得到良家妇女。

丁友刚：良家妇女？

天若有情：对，良家妇女。你是想用这种方式玩几个良家妇女吧？

因为对方说到了"良家妇女"，丁友刚被深深触动，马上决定结束与"天若有情"的对话，去看看"良家妇女"上来没有。他找了一个借口，结束了对话。

## 20

　　那天，丁友刚把曾雪芬送回家，一直送到楼下，但没上去。不是曾雪芬不欢迎他上去，而是丁友刚自己主动表示不上去。说："我就不上去了。我在楼下看着你上楼。"又说，"你不要有任何压力。无论你做出什么样的决定，我都理解你，支持你。我们永远是好朋友。我永远是你的客户。"

　　到家，丁友刚收到曾雪芬发来的手机短信："谢谢你！我知道你是安慰我，同情我，鼓励我。是吧？"

　　丁友刚不敢耽搁，立刻回复道："其实我更需要安慰，更需要同情，更需要鼓励。你年轻，还有机会，即使你直接拒绝我，我也理解你。但我是真心的。谢谢你给了我自信和勇气。我是罪人，上天不该如此眷顾我。诚惶诚恐。"

　　丁友刚的态度是不是打动了曾雪芬，他不敢确定，但他相信，他不会因此而失去唯一的朋友。这是他的底线。

　　曾雪芬的最后决定是：接受丁友刚的建议，让父母来决定，但不是她带丁友刚一起回老家过春节，而是把父母接到深圳来过年。

　　丁友刚说这样最好，即使不成，也不会造成什么麻烦。

曾雪芬请丁友刚帮忙租一套房子，她现在住的是小单间，自己一个人住没问题，父母住进来就不方便了。

　　丁友刚一口答应。

　　可是，租房子并不像丁友刚想的那么容易。在深圳租房子有规矩，租期至少半年，哪有只租房子过年的？如果好租，曾雪芬还用得着请他帮忙吗？丁友刚忙了几天，未果。

　　要不然，给曾雪芬的父母安排宾馆？

　　曾雪芬不同意，担心宾馆太贵，她负担不起，让丁友刚负担她又不好意思，嘴上却说："不好，没有家的气氛。"

　　"要不然，我们换房子住？"丁友刚建议说，"不就是过个春节嘛，你陪着父母住我这里，我住你那里。"

　　听上去不错，曾雪芬甚至还去丁友刚的家看了。好是好，但房子太大了，三房两厅，两个卫生间，一看就不是闺房，父母见她一个人住这么大的房子，要么，不相信这是她的住处，要么，就会埋怨她太浪费。

　　"你不用操心了，我自己想办法吧。"曾雪芬说。

　　"不行，说好了的，我反正闲着没事。你放心，春节之前我一定解决。不就是小一点的嘛，但也不是小单间，大一点的一房一厅，或小两房那种，看上去像你平常一个人住的闺房，但来了父母也能勉强住下，是吗？保证没问题。"

　　丁友刚想，小两房或一房一厅，五十平方米之内，也就十几二十几万吧，你鼓动我买股票都帮我赚了几百万了，我就是特意为你买一套又怎样。

　　常言道退一步海阔天空，其实进一步有时候也能海阔天空。从租房子前进一步到买房子，立刻让丁友刚的身份发生了根本改变。不是他求人，而是人求他了。丁友刚也就是去几个中介公司打听了一下，这下不得了，手机一天到晚响个不停。

　　但是，像之前内地那样的小两房没有，只有一房一厅，要么两房两厅。深圳这边人对厅很讲究，一房一厅的房子几乎全部厅比卧室大，而两房的房子必定带两个厅，甚至两个卫生间，面积七八十平方米，而五十平方米之内的房子只能是一房一厅。丁友刚设想了一下，曾雪芬的父母住卧室，她自己在客厅的沙发上对付几天也可以，于是，丁友刚最后决定买一套一房一厅的房子。

时间紧迫，加上一房一厅才十几万，丁友刚没来得及多想，立刻就买了一套。等定金付了之后，才发觉有问题。房子虽好，可没装修，是毛坯房，临时装修过春节来不及。他打听了，工人都回老家过年了，谁为他装修房子？

还好，他还没向曾雪芬报喜，曾雪芬不知道他已经买了房子，要不然，肯定被她笑话。

怎么办？

再买一套呗。这次一定要求是带装修的。至于头先的那一套嘛，春节过后花钱装修一下，出租，房租收入只要高过银行利息，也不吃亏。

再买一套带装修的一房一厅的房子的时候，售楼小姐很会动员。一看丁友刚这样子，就猜到他不是自己住的，所以，拼命与他套近乎。

"先生您买这房子是打算出租吧？"售楼小姐问。

丁友刚点点头。

"先生您真是有眼光。如今投资什么都不如投资房产。做生意麻烦多，股票虽然赚钱，但眼下都六千点了，涨多了必然跌，总不会一直上涨啊，不如投资房产保险。"

丁友刚再次点点头，他与售楼小姐的观点基本一致，尽管贵州茅台卖掉之后，从每股 150 元涨到 200 多元，丁友刚曾经后悔卖早了，但他也不敢再买进来，谁知道哪天暴跌啊，至于做生意，他从来没想过。售楼小姐说得对，做生意麻烦，所以，这时候手上有闲钱，如果买点房产将来收租金，也不失是个好的理财手段。关键是，有了房屋出租，就有了对外接触的机会，也算是为自己找点事做做。

"这房子最适合出租，"售楼小姐继续说，"旁边就是科技园，白领集中的地方,租户素质高,不会赖账或搞搞正(表示调皮,喜欢恶作剧)。"

说完,售楼小姐像是怕被别人听见,如两人说悄悄话一般对丁友刚说:"对房客也要挑选。最好租给科技园里面的IT精英,守规矩,好说话,不会乱来。"

售楼小姐带丁友刚去看房子。到底是精装修的房子,看起来比毛坯房舒服多了,就是不考虑时间紧迫,丁友刚也宁可买这种装修好的房子。

售楼小姐说,开发商统一装修,其实比一家一户单独装修省钱,集中采购比单独采购降低成本,差价相当于批发与零售。还说,买精装修的房子,进来就住,不仅方便,也不会被上下左右的邻居打扰。

丁友刚一时没听明白,买毛坯房怎么就被邻居打扰了?售楼小姐仍然像说悄悄话一样告诉丁友刚,买毛坯房,你千辛万苦装修好了,刚刚住进来,楼上却没有装修完,整天敲敲打打,你怎么住?还有楼下的呢?隔壁打电钻呢?还有些人买了毛坯房之后,并不急着住,放上三年五载再装修,好比住集体宿舍,你刚刚入睡,他回来洗澡,所以,断断续续闹腾几年也说不定。

其实,售楼小姐单独带丁友刚看房,旁边并没有其他人,售楼小姐所说的也不是见不得人的话题,完全没必要像说悄悄话一样表达,但是,丁友刚却没有觉得不合逻辑,更没有觉得讨厌,相反,还觉得亲切,或许,他许多年没有听过悄悄话了,所以特别想听?特别是售楼小姐在这样说悄悄话的时候,离丁友刚比较近,感觉她呼出的热气弥漫到丁友刚的耳朵上、脖子里,让丁友刚感受到了年轻异性蓬勃的鲜活气息,蛮舒服的。

既如此,那就多看几套?

售楼小姐差不多陪丁友刚看了整整一下午,把整个小区一房一厅的房子全看遍了,搞得丁友刚如果只买一套,就感觉像白占人家姑娘便宜对不起人家一样,甚至,是耍人家了。

售楼小姐继续以悄悄话的口吻向丁友刚灌输:养一只羊是养,养一群羊也是养,既然是投资,既然是打算买来出租,不如多买几套,将来管理起来也方便。

"可我没有那么多钱啊。"丁友刚说。

其实他有钱，有大几百万块钱，这样的房子，买 20 套也没问题。天知道他怎么也学会"哭穷"了。或许，是被"悄悄话"的氛围带动的？还是出于对推销的习惯性抗拒？

"可以按揭啊，"售楼小姐说，"两成按揭，假如你原来打算买一套房子，现在做按揭可以买 5 套。"

紧接着，售楼小姐以神秘的方式悄声告诉丁友刚，一次购买 5 套，她能找经理打折，另外，按揭利息能打 75 折。说着，售楼小姐还掏出计算器，当面给丁友刚算账，说这种一房一厅的房子，做按揭，每月每套供 900 元，而房屋出租，每月至少收入 1000 元，房租收入冲抵按揭还有结余，1 套房子看似不起眼，10 套 20 套房子，收入就可观了。

售楼小姐的话在丁友刚的脑海中形成了画面，想象着自己有 10 套 20 套房子在同一小区里，非常壮观，或许，从此之后，自己再也不会感到空虚了。

最后，丁友刚买了 11 套。之所以有一个单数，因为他已经决定把这一套无偿地长期提供给曾雪芬住，不管曾雪芬的父母对他能不能接受，也不管他们之间的关系能不能发展，就凭曾雪芬作为他唯一的朋友，就凭曾雪芬当初在银行鼓动他买股票一不小心让他赚了几百万，丁友刚白送给她 1 套房子也应该。

# 21

再次打开与"良家妇女"的对话窗口，见对方还没有上来，丁友刚只好又留下一句问候。

让丁友刚感到不安的是，整整一个下午，一直到晚上，"良家妇女"都没露面。因为心里惦记着"良家妇女"，在当天剩余的时间里，丁友刚对 QQ 里的其他"好友"的所有对话都感到索然无味。晚上睡觉，竟然梦见"良家妇女"突然找到他家。这让丁友刚十分诧异，感觉不可思议，自己并没有告诉"良家妇女"他家的确切位置，她是怎么找上门的呢？难道通过电脑的 IP 地址能找到住处？即便如此，大概也只有警察或网络高手才能做到吧？她一个小地方的良家妇女，哪里来的这个本事？

丁友刚通过 QQ 打开"良家妇女"的空间，本以为"良家妇女"会设置密码，担心进不去，谁知道对方完全不设防，很容易就进去了，这让丁友刚有一种意外的惊喜。可是，"良家妇女"的空间却空空如也，什么内容也没有，是名副其实的"空"间，丁友刚的希望顷刻变成更大的失望。

因为心里惦记着事，次日丁友刚起得比较早，一打开电脑，迎接她的并不是"良家妇女"，而是"女妖"。丁友刚虽然要找的是"良家妇女"，但在联系不上"良家妇女"的情况下，也想把心中的疑惑和惦记对人说说。对谁说？当然只能对"女妖"。可"女妖"好像非常忙，与他打招呼只是出于礼貌，并非真想与他聊天。

女妖：对不起，我只有早上刚起床的时候精神最好，写作效率最高，等一下再跟你聊，好吗？

丁友刚当然只能说好。

看着寂静的电脑，丁友刚胡乱给"良家妇女"留下一大堆担心、问候、安慰、补救的话，甚至留下了自己的手机号码，说万一她真到了深圳，可以直接打电话给他，等等。

"良家妇女"根本不在线，没有给他任何回应。丁友刚心里空空荡荡，对其他要求"加"他的"好友"也提不起兴趣，干脆躺在沙发上看电视。

准确地说是"听"电视，因为，丁友刚并没有专注地看，他甚至闭上眼睛，一边听着电视，一边闭目养神，想着"良家妇女"那边到底发生了什么事，怎么昨天一整天都没上网，今天仍然没有上来，即便遇到什么麻烦，比如女儿突然生病了，也不至于两天不露面吧？丁友刚听着想着，竟然不知不觉又睡了一觉。醒来的时候已是中午，上网一看，居然又是一大堆闪烁的小喇叭、晃动的小企鹅以及一大堆陌生或似曾相识的各位"好友"标志。丁友刚见"良家妇女"还没有上来，再次留下一句问候的话，就急急忙忙去找"女妖"。这时，"女妖"显然是有空了。

丁友刚给"女妖"一个抖动的窗口。

女妖回复：跑哪去了？

丁友刚：你不理我，我就在沙发上看电视，看睡着了。

女妖：我不理你？我怎么不理你了？早上开机，一个字没写就先向你问好。

丁友刚：那是礼貌性的，未必真想和我对话。

女妖：是。我告诉你了，我只有早上写作效率最高，要不是因为你，我上午都不上 QQ 的，安心写作。

丁友刚：啊，我有这么大面子？受宠若惊了。所以我才不敢影响你，跑去看电视，看睡着了。

女妖：真乖！

丁友刚给了一个不好意思的表情。

女妖：好了，我今天码字的任务完成了，现在可以聊了。

丁友刚：好啊。聊什么？

他原本是想与"女妖"聊"良家妇女"的，可当时"女妖"没时间，现在"女妖"有时间了，丁友刚又忽然发觉此时与她聊"良家妇女"不合适，甚至是一种不尊重，于是把主动权交给对方。

女妖：接着聊上次的话题吧。

丁友刚：上次什么话题？

女妖：你的第一次啊，你第一次梦遗啊。

丁友刚：不行。我已经对你说得够多了，按照对等原则，今天应该聊你。聊你的第一次梦遗。

女妖：哈哈哈哈哈……我们女人没有"梦遗"。

丁友刚：有，肯定有。不一定是"梦遗"，但肯定有与男人"梦遗"类似的经历。你就说说你第一次"怀春"的经历。

女妖这次没笑，但也没有说话，给丁友刚的感觉是对方正在思考。

这样思考了一会儿，女妖说：是，你说的对，我也有过类似的经历。

丁友刚：快说说！

女妖：当时我大概十几岁，有一天，我忽然对一个邻居大哥哥产生幻想。

丁友刚：性幻想？

女妖：是。我忽然希望他是流氓。

丁友刚：流氓大哥哥？

女妖：对，流氓，当时我就希望他是流氓，对我耍流氓。

丁友刚：结果呢？

女妖：没有。他好像对我视而不见。

丁友刚：后来呢？后来你们有发展吗？

女妖：没有。后来我们搬家了，就再也没有见到他了。

丁友刚：不行。你这个"第一次"不如我讲的有内容，太简单了。

女妖：事实就是这么简单，我不能瞎编啊。

丁友刚：你说详细一点。

女妖：怎么详细？

丁友刚：反正你说得太简单了，不具体，没有我对你说得具体。

女妖：那你问具体吧。和我上次问你一样，你问到哪里，我说到哪里。

丁友刚想了想，问：地点，你幻想他对你耍流氓的地点。

女妖：两个地方。一个是他家，他假装给我看一本好看的书，把我骗到他家，关上门，没开灯。当时我们家住平房，虽然是白天，但屋里也很黑暗。他在黑暗中突然对我动手动脚。

丁友刚：另一个地方呢？

女妖：小树林。城外的小树林。也是白天，阳光灿烂，他假装带我出去玩，把我骗到一个小树林，在树荫下对我动手动脚。

丁友刚：怎么动手动脚？

女妖：在家里的时候是趁我不注意在背后一把抱住我，然后在我身上乱摸……

丁友刚：在小树林呢？你怎么幻想的？

女妖：在小树林他没有突然袭击，而是一步一步诱骗我，让我在春天的阳光下产生幸福的遐想，然后他一点一点靠近我，迎面，并没有一把抱住我，而是引导我一点一点与他贴近，与他接吻，被他拥抱，让他慢慢地、一步步试探性地把手伸进我的内衣……我感到很幸福，我甚至也摸他了，感到一种从未有过的紧张与兴奋！希望时光在此永久停留，希望他采取进一步行动。

丁友刚：后来呢？他对你做那种事情了吗？

女妖：你说的是性侵犯？

丁友刚：是。

女妖：没有。

丁友刚：你没有想象他进入你的身体？

女妖：没有，我想象不出来。只想象到他摸我，我摸他，就紧张得不得了，兴奋得不得了。

丁友刚：你当时穿什么衣服？

女妖：在他家的时候穿什么衣服不记得了，在小树林里穿的是裙子。

丁友刚：你记得？

女妖：记得。

丁友刚：这种情况发生过几次？

女妖：什么情况？

丁友刚：幻想着邻居大哥哥的情景，想过几次？

女妖：啊，数不清。有一段时间天天想，甚至每时每刻都在想，一天到晚都在想。

丁友刚：上课也想？

女妖：对，每时每刻。

丁友刚：那你还怎么上课？学习成绩不是非常差？

女妖：是，学些成绩一落千丈。

丁友刚：那你后来怎么考上大学的？

女妖：虚荣心，关键时刻虚荣心起了作用。期末考试成绩公布，从全班第3跌到倒数第17。我是整个年级学习成绩下降最快的。老师、同学、家长看我的眼神都怪怪的。我感到无地自容。我甚至感到邻居大哥哥对我也没以前热情了，猜想他已经瞧不起我。我强迫自己集中精力学习，强迫自己不想那些不健康的东西，终于摆脱了出来。

丁友刚：不健康？

女妖：对，不健康。确实不健康。不是性幻想本身不健康，而是人在不同的年龄段有不同的任务，上中学的时候，就应该把所有的精力放到学习上，而不是消耗在性幻想上，没意义，得不偿失，所以，我认为那就是"不健康"。

丁友刚：你说得对，人不能太随性，需要约束自己。特别是青春期的时候，容易走入误区，你能走出来，说明你还是很理智的。

女妖：谈不上"理智"，虚荣心支配吧。

丁友刚：但也有因为虚荣心把人引向歧途的。

女妖：是，环境很重要。我表姐没有考上重点中学，也是跟着虚荣心跑，跟着不健康的虚荣心跑，结果，跑歪了，学坏了。

丁友刚：什么叫"不健康"的虚荣心？

女妖：虚荣的内容不是学习上争高低，不是在高考的分数和排名上争高低，而是在穿着、打扮、博得男生的青睐甚至"男朋友"有多帅上争高低。在中学阶段，这些虚荣心就是不健康的，就能把人引向歧途，甚至毁了一生。我们是重点高中，风气正，连虚荣心也是正面的，所以我最终考上大学了。我表姐上的是职业高中，风气不好，没有在学习上争高低的氛围，所以她就没有考上大学。

丁友刚：结果呢？

女妖：什么结果？

丁友刚：你表姐的结果。她没考上大学，后来怎么样？她的一生毁了吗？

"女妖"没有立刻回答，停顿了很长时间，仿佛在思考，又像是在反思，最后说：没有。她没有被"毁了"，倒好像我自己被"毁了"。

丁友刚：怎么这么说？

女妖：她现在生活的比我好啊。有老公，有孩子，还有钱。

丁友刚：这只是表面现象。

女妖：实质上也不错啊。

丁友刚联想到他自己，当年如果没有考上研究生，留在江南化工厂，肯定比现在好。起码，不会沦落到要在网上"租友"的境地。

　　这么想着，丁友刚就说：这是一个非常有意思的现象，你可以用文学的形式把它写出来啊。

　　女妖：一直想写，但怕写出来没人看。或者说没地方出版，没人买。

　　丁友刚：那也要写。你们作家，不是应该有社会责任感吗？不是充当人类灵魂的工程师吗？

　　女妖：你说的是之前吧？现在的作家未必是这样。再说，我不是作家，是写手。

　　丁友刚：你不是想成为真正的作家吗？

　　女妖：是。但还没有"成为"啊，这不是希望你能成全我嘛。

　　丁友刚：我成全你？我怎么成全你？

　　女妖：租我啊。让我衣食无忧，安心写作。如果不为生活发愁，我就可以不为点击率写作，不为生活费写作，就可以写出自己的真实感悟与认识了。比如写我和表姐的经历与现状对比，以及这种错位背后的思考。

　　丁友刚：好啊，但你这么说，好像是把你自己的责任感转嫁给我了。

　　女妖：我不会让你白白付出。

　　丁友刚不说话。不知道该说什么。他知道女妖并非完全说笑，她相信女妖是以开玩笑的方式说出自己的真实想法，他无法拒绝，不忍拒绝。但这与他的预期不一样。当初他发"租友启事"的时候，是想寻求真爱，或者谈不上"真爱"，但安安稳稳过日子也行。比如像"良家妇女"那样，很女人，很依赖他，以他为天。而这个"女妖"显然和"良家妇女"不是一种人，不是那种安安稳稳过日子的人，至于和她是不是能有真爱，则更不敢肯定了。不是说她不好，而是自己过了"真爱"的年龄。刻骨铭心的爱只能发生在刻骨铭心的年龄，自己老了，宠辱不惊了，不会对任何事情刻骨铭心了，因此也就不应该奢望刻骨铭心的"真爱"。或许，寻找"真爱"只是丁友刚的一个借口，抑或是做最后的挣扎，其实下意识里，他是希望找一个像"良家妇女"那样的人一起生活。给她自由，给她生活保障，如果她愿意，丁友刚可以与她一起抚养孩子，让孩子接受良好的教育，送孩子出国深造。丁友刚相信付出多少才能得到多少。尽管不是亲生的，但只要丁友刚真心付出，就一定能得到真心的回报。只要他把"良家妇女"的女儿当成自己的女儿，他相信对方也一定会把他当成自己的父亲。父亲，不仅表示"亲生"，更表示"亲养"，事实上，"养"比"生"更艰难，付出的也更多。

可是，他上哪找"良家妇女"呢？他该对"女妖"怎么说呢？

丁友刚：我不确定你是说真的还是开玩笑。

女妖：如果是真的呢？

丁友刚：我不敢说。

女妖：怕什么？

丁友刚：怕你笑话我。

女妖：笑话你什么？

丁友刚：笑我癞蛤蟆想吃天鹅肉。

女妖：哈哈哈哈哈哈，你是癞蛤蟆吗？我是天鹅吗？

丁友刚：形容吧，相对而言吧。

"女妖"沉默了一会儿，说：我是认真的。希望你认真考虑一下。下了。

当天，"女妖"再没上来，丁友刚也没主动找她。但他找过"良家妇女"。情况依旧。丁友刚打招呼，丁友刚问候，丁友刚发窗口抖动，并再次留下自己的手机号码，希望对方联系他。可对方一概沉默，根本就没上网。仿佛这世界上根本就没有"良家妇女"一样。可是，她明明存在啊，丁友刚的QQ里明明保存着与她的对话啊。他甚至再次进入"良家妇女"的空间，可惜，对方并没有更新，依然空空如也，是真正的"空"间。

丁友刚也点击闪烁的小喇叭，接受新"加"他的"好友"，问候"你好"，甚至幻想着"良家妇女"以另外一个名字出现。但这种情况并没有出现。和前几天一样，这些"好友"大多数没做回复，即使有两个回复的，所谈的内容也不着边际，给丁友刚印象最深的是"安溪铁观音"，因为，不是一个，而是出现好几个"安溪铁观音"。不同的"好友"都是推销这种茶叶的。丁友刚怀疑这是对方的一种营销策略，就是用这种方式加深人们对"安溪铁观音"的印象。丁友刚因为心中惦记着"良家妇女"，心不在焉，但仍然记住了"安溪铁观音"。

不，不仅仅是惦记"良家妇女"，他还惦记"女妖"。现在，他心里已经装着两个女人了。一个是"良家妇女"，另一个是"女妖"。他甚至一边与"好友"们有一搭没一搭地说话，一边回想着自己与"良家妇女"和"女妖"的对话。

不用说，他和"女妖"的对话多，和"良家妇女"的对话再未发生，但丁友刚心里想着的却更多的是"良家妇女"。丁友刚忽然发现，是自己对对方的重要性，决定了自己在对方心目中的分量与位置，并且反过来也成立，当自己感觉自己在对方心中重要的时候，对方在他心中也重要了。那么，丁友刚又想，自己对"女妖"不是同样重要吗？假如说与"良家妇女"生活在一起，更多的是满足对方的物质需求，那么，如果与"女妖"达成"租友协议"，则更多的是他满足了对方的精神需求，让"女妖"能按照自己真实的意愿去写作，而不是为了点击率去"码字"。既然人的精神需求比物质需求更重要，为什么自己心里想得更多的是"良家妇女"，而不是"女妖"呢？

对，问题出在"租友协议"。如果选择"女妖"，丁友刚想到的是达成"租友协议"；而如果是"良家妇女"，丁友刚想到的是在一起"过日子"。"过日子"与"租友协议"性质是不一样的。

这么七想八想，哪里还能与其他"好友"认真对话。不过，有一个叫"魅力时尚"的"好友"，提出一个严肃的问题，令丁友刚不得不认真回答。

## 22

　　丁友刚决定好人做到底。他还为打算给曾雪芬住的那套房子配家电和家具。因为对这一行并不是很熟悉，所以咨询了售楼小姐，问售楼小姐哪里能买到家电和家具。售楼小姐说："丁先生，你太有经济头脑了。"

　　丁友刚被她表扬糊涂了，不知道自己打算为曾雪芬的房子配上家电和家具怎么就是"有经济头脑"，因为，他根本就没打算收曾雪芬的租金。

　　售楼小姐保持自己的一贯作风，把身体贴近丁友刚，压低声音，说：集中采购，每套房子配上最简单的家电和家具，投入不过几千块，而房租可以增加几百，一年本钱就收回来。

　　"但家电和家具总不会只用一年吧。所以，第二年多出来的钱是净赚的。"售楼小姐说。

　　丁友刚一想，是这个理。

　　他忽然理解自己任职的特区精细化工有限公司为什么会被私人老板收购了，他这个高管，居然不如一名售楼小姐有经济头脑，公司能好吗？

　　安装家电和配家具的过程，比丁友刚想象的快。大概总共花了一天半时间，11套房子全部搞掂（表示搞好，办妥）。

看着整齐划一的十多套一房一厅的房子，丁友刚忽然产生一种不真实的感觉。它们不像"家"，倒像宾馆。于是丁友刚想，或许，用它们做宾馆更加不错。一房一厅的房子，如果做家庭式宾馆，一天收费两百块不多，每套房子一个月可以收五六千元，比作为居家出租每月一千多元高出许多。他为自己突然之间爆发出的"经济头脑"而激动，而且越想越激动，恨不能再买十套，或者更多，干脆办一个家庭式宾馆算了。不过，当他把自己的想法有所保留地透露给售楼小姐的时候，本想获得赞赏与表扬的丁友刚却被对方浇了一头凉水。

"这哪行，"售楼小姐说，"宾馆不是你想开就能开的。你这叫'改变物业功能'，物业管理处肯定不同意。工商、税务甚至公安系统也不允许。"

其实，丁友刚未必真打算开宾馆，只是一时头脑发热想想罢了，开宾馆，多麻烦的事情啊，别说不允许，就是允许，他也不会做的。

丁友刚给曾雪芬打电话，告诉她房子的问题解决了，如果曾雪芬有时间，可以过来看看。

丁友刚是以"报喜"的心态给曾雪芬打电话的，本以为她欢天喜地，没想到曾雪芬却说："科技园？这么远啊。"

丁友刚这才想起，曾雪芬在福田上班，跑到南山居住确实远了点。曾雪芬原来的出租屋虽然是城中村里面的"亲嘴楼"，拥挤且私密性差，光线不佳，环境糟糕，千不好万不好，但地理位置好，起码离她上班的地方比较近，而对于上班一族来说，距离是最重要的考虑因素。

"钱交了吗？"曾雪芬问。

"交了。"丁友刚说。说的声音比较蔫，与刚才的"报喜"形成鲜明对比。

"多少钱？"曾雪芬又问。

"21万。"丁友刚说。

"多少？！"曾雪芬以为自己听错了。

"21万。"丁友刚说。说完，又补充，"是按揭的，其实只付了5万多元。"

曾雪芬不说话。哭笑不得。想抱怨，却找不到理由。毕竟，她与丁友刚还没有确立正式的恋爱关系，丁友刚花钱买房子用不着与她商量。再说，丁友刚是好心，可能实在租不到合适的房子，一急，就买了，曾雪芬实在不好抱怨。

俩人见面的地方是新房。

这地方叫玉泉路，居然与丁友刚当年在北京读研究生的地方完全同名。或许，这就是缘分。不知道当初丁友刚来此看房并且果断下单的时候，冥冥之中是不是受了这种缘分的影响。因为远离深南大道，不好找，曾雪芬在电话里问丁友刚具体位置，他却说不清楚，只好让曾雪芬站在南山公安局门口不动，他打车过来接，可是，等出租车的时间差不多相当步行了。

曾雪芬一路上不高兴，给丁友刚的笑脸也是硬挤出来的，倘若她已经是丁友刚的老婆，或明确二人男女朋友的关系，估计已经发火了。不过，等进了小区，特别是见了新房，曾雪芬的脸忽然绽放开来。相对于她居住的"亲嘴楼"来说，这里太阳光了！太宽敞了！太像"家"了。为此，多跑一点路也值得。

"多少钱？"曾雪芬再次问。

"21万，"丁友刚回答，"两成按揭，包括手续费和税金，其实只交了大约5万块钱。"

"这么便宜？"曾雪芬像是不信，又像是感叹。

"是。"丁友刚说，"有点远，暂时还有点偏。不过，对面就是科技园，将来不愁出租。"

难怪他会买。曾雪芬想，这么好的房子，才5万块，换上我，也想买。自己不住，用来出租也合算。

"你打算将来出租？"曾雪芬又问。

"是。我总共买了 11 套。"

"多少？"

"11 套。"丁友刚说，"不过，这一套不租，这套是专门给你住的。"

曾雪芬的脸红了一下，不知道是激动，还是不好意思，或者是有点惭愧。

接着，丁友刚就带曾雪芬参观另外十套房子。曾雪芬注意到一个细节，丁友刚留给她住的那套房子，电器和家具明显比另外十套高一档次。

曾雪芬说："要不然，我自己买了吧。"

"不用吧，"丁友刚说，"这套是专门为你买的。"

曾雪芬的脸再次红了一下，坚持说："我还是买了吧。"

"也行，"丁友刚说，"这套房子给你住，你另外买一套出租。"

丁友刚理解曾雪芬。女人，拥有一套真正属于自己的房子，心里踏实。

当他们把售楼小姐叫来的时候，却被告知，一房一厅的房子卖完了，没有了。

曾雪芬的失望写在脸上。她甚至心里抱怨，当初丁友刚决定买这些房子的时候，就应该告诉她。如果那样，她自己也会买一套。

"要不然这样，"丁友刚说，"这套过户到你的名下。"

曾雪芬说，可以，但我必须付钱。

丁友刚说，行，按原价，过户费我出。

售楼小姐插嘴说，如果赠予，可免收交易税。

这当然是个好主意。但"赠予"是有条件的，必须是直系亲属，丁友刚与曾雪芬连正式的男女朋友都算不上，不符合免税过户条件。好在丁友刚不在乎这点钱，说不要搞什么"赠予"了，按正常交易处理。售楼小姐却吞吞吐吐地说，其实现在还没有办理房产证，花点钱，直接把合同上的业主名字换成曾雪芬更简单。丁友刚问要花多少钱，售楼小姐说不是钱不钱的问题，关键是，既然房产证还没有下来，就不能通过土地局办理过户交易，只能私下里找人变更合同，就是把之前一切手续上的"丁友刚"全部换成"曾雪芬",一件都不能少,而合同是和交易中心联网的,所以比较麻烦。

丁友刚想了想,问售楼小姐,5000块钱够不够? 又转身对曾雪芬说,这样的房子深圳到处都是,你要是真想买房子,未必一定买这一套。

曾雪芬还没有来得及回答,售楼小姐立刻回答:"行,5000就5000,这事交给我了。"

# 23

魅力时尚：老大，能问你多大了吗？

丁友刚下意识地说小 3 岁：50 周岁。

魅力时尚：那你怎么一定要求女方 35 岁以下呢？

丁友刚立刻想到了"良家妇女"，想到"良家妇女"已经 36 了，想到"良家妇女"也问过同样的问题，想到他对"良家妇女"所做的解释，并且，丁友刚忽然找到了自己总是惦记"良家妇女"的另一个原因。同样的问题，从"良家妇女"口中问出来，是那么的谦虚与温和，而从"魅力时尚"口中问出来却如此咄咄逼人。这就是对比。或许，在男女交往中，也遵循当年中国足球队主教练米卢的名言——态度决定一切？ 难怪优秀的男人喜欢找一个不如自己老婆漂亮的女人做情人呢，肯定是因为情人对他的态度比老婆好。

虽然不能说"态度决定一切"，但至少决定大部分，人都是在乎别人对自己的态度的。而且，越是成功的人，越是在乎。真正豁达到不在乎别人态度的当然有，但是很少，至少丁友刚不在这"很少"之列。

丁友刚：也不能说"一定"吧，只是大致的要求。

魅力时尚：是吗？

丁友刚：是。

魅力时尚：那就是说，你"租友启事"里面所有的条款，其实都是可以打折的？

丁友刚再次感到了"魅力时尚"与"良家妇女"的区别，"打折"很刺耳，如果换成"良家妇女"，是绝对不会这么说的。她肯定用另外一个词，比如"商量"。

丁友刚：可以商量。关键是看缘分，看综合条件，看双方是不是有共同语言，看双方的价值观，看双方对待某一件具体事务的态度，看是不是能聊得来，是不是对脾气。比如看对方说话，是善解人意还是咄咄逼人。

魅力时尚：你是说我咄咄逼人吗？

丁友刚真想说是，但打出来却是：泛指。包括我，也包括你。

魅力时尚：你是不是希望女方越小越好？

丁友刚：不是。

魅力时尚：那你为什么只规定了年龄的上限，而没有规定下限。

丁友刚：是，我是希望年轻一点，但并不是越年轻越好。

丁友刚想起了那个售楼女孩。如果售楼小姐年纪大一点，像曾雪芬那么大，或许他就不会躲着对方了，结婚生子也说不定。或者干脆造成"意外怀孕"，爱咋地咋地，能结婚更好，不结婚他也不吃亏。如果那样，丁友刚就不用"租友"了。

魅力时尚：那你就应该给出一个下限。

丁友刚：是。我最初想写成30~35岁，但感觉如果对方29岁，其他方面都符合，她本人也不嫌弃我老，也就不该排斥。

魅力时尚：那么36呢？如果女方36岁，其他方面都符合，是不是也可以？

丁友刚再次想到"良家妇女"，因为"良家妇女"的年龄正好就是36。

丁友刚：当然。

魅力时尚：既然如此，为什么只规定上限，不规定下限？

丁友刚被问住了。他发觉自己的"租友启事"果然漏洞百出。于是说：你讲得对，接受。或许我要修改一下"租友启事"？但修改起来很麻烦，而且会给人"朝令夕改"的感觉。

魅力时尚：你太抬高自己了吧？也不是皇帝，说什么"朝令夕改"，说"朝三暮四"还差不多。

丁友刚只能再次承认对方说得对，赶紧给了一个大拇指。他觉得"魅力时尚"看问题还蛮准确，虽然态度不讨人喜欢，但也并非无理取闹，和这样的人交谈交谈，虽然不是很开心，但未必不会有收获。

魅力时尚：问一个问题，希望你真实回答。

丁友刚：好，我保证。

魅力时尚：你怎么保证？

丁友刚：这里是虚拟世界，我没必要撒谎。

魅力时尚：好。我问你，男人为什么都喜欢年轻的女人？

丁友刚被问住了。越是简单的问题，越是难以回答。比如一加一明明白白等于二，但如果你问为什么，就变成哥德巴赫猜想了。

魅力时尚：怎么？为难了？

丁友刚：不，不是为难。

魅力时尚：那就立刻回答，不要思考。

丁友刚：为什么？

魅力时尚：因为所谓的"思考"，可能是在想着怎么说谎。

丁友刚给出一个哈哈大笑的表情。

魅力时尚：别嬉皮笑脸，快回答。

丁友刚：第一，年轻人单纯，身上没有负重，而年纪大的人经历复杂，有婚史，甚至有孩子，因此就有负担，包括经济负担和精神负担，不如和年轻的女孩在一起简单轻松。

魅力时尚：第二呢？

丁友刚：第二，每个人身上都有缺点或恶习，年轻，意味着更有可能被纠正和改变。

魅力时尚：勉强说得过。第三呢？

丁友刚：第三，从生理上说，男女都喜欢对方年轻，这也符合生物遗传规律。

魅力时尚：笼统了，回答问题不要偷工减料。

丁友刚再次想起那个让他滑入深渊的售楼小姐。想起售楼小姐身上那种既光滑又充满张力的皮肤。但这些话他不能对"魅力时尚"说。

丁友刚：年轻人身体健康，精力旺盛，有活力，有幻想，有理想，因此也就有单纯的一面。从纯生理上说，性交流的时候，所付出的努力也能从对方身上得到快速、足额的反馈，使主动方更有成就感。

魅力时尚：还是不够具体。

丁友刚：哪方面不具体？

魅力时尚：说什么"性交流"，直接说性交不行吗？

丁友刚感到有些说不出口，又想到这是虚拟世界，反正互相不认识，再说，也不是"说"，而是"敲"，或许，"敲"比"说"容易一些。

丁友刚：好，我说。性交的时候，男人当然是满足自己的生理需要，但也是满足一种心理需要。从心理上说，男人在满足自己生理需求获得快感的同时，也希望自己的行为能给对方带来同样的满足和快感，这样才显得自己有"价值"，才"男人"，才更有成就感。而且，只有当他感觉在满足自身的同时也给对方带来满足，男人才能获得更大的满足。这种满足，男人在年轻的女孩身上更容易实现。

忽然，丁友刚意识到自己说得太多了，太直接了。

他戛然而止。想，如果对方再问，他再说，如果对方不问，他就此打住。

"魅力时尚"没有再问，甚至一句话都没有说，连招呼都没有打，就悄悄地下了。

这让丁友刚很疑惑。是自己说得太多太直白了，让对方怀疑我是流氓？还是自己不小心碰到对方某根敏感神经了？比如"魅力时尚"其实并不时尚，更毫无魅力，而且年纪大了，至少在她丈夫眼里年纪大了，她被丈夫嫌弃了，她找丁友刚对话，其实并不打算"出租"自己，而是求证，是解惑，现在，她的目的达到了，因此就悄悄离去了？但也有另外一种可能，"魅力时尚"根本就是"良家妇女"，或者是"女妖"，她们是用这种方式来试探丁友刚。

这也是完全有可能的。因为，反正这里是虚拟世界，另外注册一个 QQ 号很容易，丁友刚也不可能每次都要求对方视频，就算要求了，别人也不会答应。

## 24

丁友刚与曾雪芬并没有成为夫妻。

直接原因不在曾雪芬的父母。两位老人都是老实巴交的农民，虽然只比丁友刚大几岁，但风吹日晒，满脸沧桑，眼珠浑浊，相比之下，丁友刚显得年轻许多，他们并没有认为丁友刚比自己女儿大太多，更没有反对女儿与丁友刚交往，倒是丁友刚自己，忽然对曾雪芬失去了感觉。

首先还是因为房子。丁友刚给了售楼小姐五千块钱之后，没有经过任何官方部门，就在售楼处内部，或者还经过了提供按揭的银行业务员，就把业主的名字从丁友刚顺利换成了曾雪芬，至于售楼小姐到底花了多少钱，还是根本一分钱没花，丁友刚没问。没必要问。毕竟，花五千块就能搞掂，肯定比将来从房产交易中心过户简单、省事、省心。问题是，本来曾雪芬说"必须付钱"，可是之后却始终没有兑现。当然，丁友刚也没有问。按说，丁友刚送一套房子给她也完全应该，假如曾雪芬主动给钱，丁友刚也未必要，但曾雪芬在房子过户到自己的名下之后，却只字不提给钱的事，这让丁友刚产生了看法。丁友刚不是在乎五万块钱，而是怀疑曾雪芬的人品和素质。关键是，房产的名字变更后，二人的关系并没有前进一步，相反，还倒退了一些，具体表现是曾雪芬对丁友刚不像以往那样恭敬和热情了。之前，曾雪芬经常有事没事就主动给丁友刚打电话，没话找话问寒问暖，或推荐股票，或讲个八卦，倘若是丁友刚自己主动打电话过去，曾雪芬则立刻显示出激动和受宠若惊的样子，恨不能把全部的喜悦与热情通过电波送过来。现在，她很少主动给丁友刚打电话，即使丁友刚主动把电话打过去，曾雪芬也明显不如之前热情，至少不像之前那样激动和受宠若惊。倘若他们的关系有了实质性发展，比如已经有过肌肤之亲，也好理解，对老公，或者对即将结婚的男朋友，自然不必像对待客户一样天天供着、敬着、哄着，问题是，他们之间并没有任何亲密的表示，甚至都没有商量结婚具体的事情，怎么就忽然降温了呢？丁友刚不得不想，曾雪芬之前的尊重、热情甚至崇拜都是装出来的？或者，都是职业的需要？

丁友刚也自我反省，是不是因为曾雪芬父母的老农形象让他产生了片刻的犹豫？毕竟，曾雪芬父母与丁友刚前岳父岳母反差实在太大了一点，大得有点出乎丁友刚意料，一下子难以适应。所以，在后来的短暂相处中，丁友刚并没有把自己当成"准女婿"，而仅仅是作为曾雪芬的客户和朋友，此种表现，是不是也反过来影响了曾雪芬的情绪，或者让她产生了某种自卑？

即便如此，按照丁友刚的做人标准，曾雪芬更应该兑现"必须付钱"，至于丁友刚要不要，是丁友刚自己的事，她不给，就折射她的人品和素质了。

曾雪芬既不兑现"必须付钱"，也不与丁友刚谈结婚的事情，给丁友刚的感觉是曾雪芬采取了"顺其自然"的态度。倘若丁友刚主动，她也接受，丁友刚不主动她无所谓，与之前的主动、热情、激动、受宠若惊甚至崇拜相比，形成鲜明对比。

# 25

生活依旧，一切如常，丁友刚照例天天关注"良家妇女"有没有联系他，天天上"良家妇女"的空间查看一番，但更多的时候，是在与"女妖"周旋。

他对"女妖"基本满意。虽不能确定她就是理想中的结婚对象，但根据双方的具体情况，先做"朋友"是合适的。丁友刚甚至已经想到应该由自己挑明，即使对方不同意，他也有风度把"不同意"的权力交给女方。只是因为"良家妇女"的存在，让丁友刚担心，这边他刚刚与"女妖"说破了，那边"良家妇女"又忽然冒了出来。如果那样，丁友刚是该辜负"女妖"呢，还是辜负"良家妇女"？

别以为事情不会这么巧，按照丁友刚的人生经验，整个人生，甚至整个世界，恰恰都是由一系列非常非常巧合的事件偶合成的。

虽然成了"冷帖"，但偶尔还是有人加丁友刚。这一天加他的是"小小打工妹"。

这年头，说"打工妹"的未必真是打工妹，就好比说"大富豪"的未必真是富豪一样。再说，"打工"是个宽泛的概念，丁友刚自己曾经是国企的高管，可从本质上说，"高管"也是打工的，不然，他怎么说内退就内退了呢？

　　丁友刚一如既往，点击"接受"之后，例行公事地敲出：你好！

　　小小打工妹：丁大哥好！

　　丁友刚一惊，问：你认识我？

　　小小打工妹：不认识。

　　丁友刚：那你怎么叫我"丁大哥"？

　　小小打工妹：你不是姓丁吗？

　　丁友刚：是。

　　小小打工妹：您应该比我大吧？

　　丁友刚：应该吧。你多大？

　　小小打工妹：31。

　　丁友刚：那我确实是你大哥。"老"大哥。

　　小小打工妹：我没叫错吧？

　　丁友刚：没叫错没叫错，你没叫错。

　　小小打工妹：平常人家怎么称呼您？

　　丁友刚：丁总。

　　小小打工妹：那我也叫您丁总吧。丁总好！

　　丁友刚：别，你就叫我"丁大哥"蛮好。

　　小小打工妹：还是与大家一致更好吧？

　　丁友刚：保持你的特色最好。下次我一看到这称呼，就知道是你。
再说我已经内退，不再是"总"了。

　　小小打工妹：丁大哥好！

　　丁友刚：谢谢！你也看到我的"租友启事"了？

　　小小打工妹：是。我知道我并不符合您的条件。

　　丁友刚：也不是我开出"条件"，是我觉得年龄相差太大对你不公平。

　　小小打工妹：无所谓，也不是真结婚，不是先做朋友吗？

　　丁友刚：虽然先做朋友，但也不排除成为夫妻的可能性。你没认真看帖？

小小打工妹：看了。但我不要你"租"，只是希望和你做朋友。

丁友刚：朋友？

丁友刚心里立刻否定了。因为，他不打算通过发帖结交任何朋友。不过，对方的态度让丁友刚想起了"良家妇女"。"小小打工妹"与"良家妇女"有个共同特点：谦虚。看来，谦虚不仅使人进步，而且能改善人际交往。

小小打工妹：不是一般的朋友，是男女之间的那种朋友。

丁友刚：情人？

"小小打工妹"给出一个害羞的表情。

丁友刚更不接受。在男女的问题上，丁友刚虽然没有太多的经历，但因为长期单身，表面一本正经，内心却十分空虚，自然而然比较关注这方面的新闻和八卦。丁友刚认为，在处理男女关系的问题上，男人舍得花钱总比不花钱好一些。因此，丁友刚断然不会接受"小小打工妹"做"免费女友"的建议。既然天下没有免费的午餐，哪里能有"免费的女友"？

但他没有立刻把对方拉黑，似不礼貌，更有几分好奇，最主要是对方的态度像"良家妇女"。于是丁友刚问：你遇到什么麻烦了吗？

小小打工妹：是。一点小麻烦。

丁友刚：什么麻烦？方便说吗？

小小打工妹：我想争取大女儿的抚养权。

丁友刚：大女儿？你有几个女儿？

小小打工妹：两个。

丁友刚：有儿子吗？

小小打工妹：没有，如果有儿子他就不会跟我离婚了。

丁友刚：是他找你离婚的吗？

小小打工妹：算是吧。

丁友刚：什么叫"算是"？

小小打工妹：他没有直接提出来，但自从我生了第二个女儿后，他们一家都把我当成扫帚星，指桑骂槐，没事找事，找我的茬，挑我的刺，还虐待我小女儿，不离婚怎么行？

丁友刚：理解。可小女儿已经归你了，大女儿归你前夫很合理啊。

小小打工妹：我问朋友了，他们都说我的胜算很大。

丁友刚：你那些朋友是法官吗？

小小打工妹：不是。

丁友刚：是律师吗？

小小打工妹：也不是。

丁友刚：他们是做什么的？

小小打工妹：和我一样，打工的。

丁友刚觉得这样回答太笼统，因为任何工作都可以说是"打工的"，比如当初他们单位的法律室主任，也是打工的，但却有律师执照。于是丁友刚问：具体做什么工作？

小小打工妹：一个是我老乡，和我在一个厂打工。

丁友刚：什么厂？具体什么职务？

小小打工妹：电子厂，包装工。

丁友刚心里想，真"打工"啊，而且还是纯打工。

说实话，丁友刚有些失望，似后悔跟对方搭腔，但他没有说。

"小小打工妹"见丁友刚没说话，立刻补充道：还有一个是我们拉长。

丁友刚：他们说你胜算把握大没用啊。

丁友刚没有瞧不起"小小打工妹"的意思，但他确实觉得对方与自己差距有点大，对话实在不在一同频道上，于是找了个理由，先下了。

## 26

与曾雪芬形成鲜明对比的是售楼小姐。

售楼小姐在完成 11 套房子成交并赚取了 5000 块"更名费"之后，没有人走茶凉，一如既往地对丁友刚保持热情，今天，发给丁友刚一则短信笑话，明天，又向丁友刚推荐另一处更适宜出租的房源。虽然丁友刚未必打算再购置房产，但对售楼小姐的热情却没有拒绝。毕竟，在曾雪芬的热情冷却下来之后，他需要另一种热情来填补自己荒芜的心灵。

这天，售楼小姐又给丁友刚打来电话，嘘寒问暖，热情依旧，先说了一则网络笑话。"一母亲哄孩子，晚上和你爷爷睡去！小孩不肯，母亲说：你不去那我去咯！爷爷在旁边正色道：教育孩子要诚信，不要既哄孩子，又骗老人……"刚开始，丁友刚并没有听明白什么意思，等听明白之后，又觉得有些不好意思，感觉售楼小姐作为一个年轻的小女孩，不该对他这样的老头说这种笑话。售楼小姐大概感觉到了丁友刚的态度，话题一转，开始夸奖丁友刚。说丁友刚很帅，很有男人味，很智慧，很有经济头脑，等等。丁友刚明明知道售楼小姐的这番话未必出于真心，居然还是很开心，真的谦虚起来，说"哪里哪里"。

为了证明"哪里"，售楼小姐举例说，对外出租，像丁友刚这样买一房一厅的房子最合适，花同样的钱，买两套一房一厅的房子肯定好过买一套两房两厅，不仅因为一房一厅的好出租，而且两套小房子的租金加起来也高过一套大房子。

这话丁友刚信。以前他没考虑过这类问题，自从有了10套出租屋之后，实践出真知，他也发现，凡是租房子的，都抱着暂时过渡的目的，从节省租金的角度考虑，并不追求房子太大，只要能凑合着住就行，所以，一房一厅确实合适出租。因此，售楼小姐的这番有根有据的夸奖，在丁友刚心中产生了共鸣。这时候，售楼小姐才告诉丁友刚，梅林关外开发了一个新楼盘，其中一房一厅的房子比科技园这边设计更合理，价钱也更便宜。

丁友刚虽然接受了售楼小姐的夸奖，心情也确实不错，但并不意味着他打算再购买售楼小姐推荐的房子。他对"关外"的印象一直不佳，总感觉和特区内是两个世界，丁友刚并不打算在关外买房子，哪怕买来是为了出租。

售楼小姐说："现在深圳的中心从罗湖转移到了福田，梅林关外与中心区只隔一座山，是福田的后院，最具发展潜力。再说，'关'早晚要撤销，您当领导的还不知道？"

丁友刚当然算不上"领导"，但被人称为"领导"心情自然不错，于是顺着对方的话头问："是吗？"

"当然是。"售楼小姐说，"要不然，我带你去看看？"

看看就看看，反正闲着也是闲着。在丁友刚的印象中，深圳的关外相当于特区的"郊区"，闲着没事，到郊区走走看看未必不是好事情。况且，有一位年轻、漂亮、热情的女孩相邀。

梅林关小区环境确实不错。挨着湖，窗外就是辽阔的湖面，给人宁静的感觉，却也不乏生气勃勃，这可以为那些买不起特区内房产的年轻白领们提供一个选择关外居住的理由或借口。

交通也比较方便，过了关就属于福田。只要租金便宜，对在中心区上班的白领确实有一定吸引力。

售楼小姐与像上次在科技园小区一样，领着丁友刚一栋一栋、一层一层、一间房一间房地仔细参观。丁友刚忽然感觉，即便自己并不打算买房子，这样关内关外楼上楼下地走走看看，听着年轻漂亮售楼小姐的热情介绍，也比整日窝在家里胡思乱想或靠荧屏打发时光好。只是，他觉得自己似乎不厚道，这样光看不买有点对不起售楼小姐，想着如果确实不错，再买一两套也无所谓。

售楼小姐比曾雪芬更年轻，大约只有20出头吧，也更活泼，没心没肺的样子，对丁友刚完全不设防。今天并非周末，看房的人少，新开发的梅林关小区格外冷清，整栋楼里，只有丁友刚和售楼小姐两个人，说话声音大一点，居然能产生回声，像是在大山里。丁友刚想，假如今天不是自己，而是一个歹徒，一个色狼，在一套空置的房子里，突然对她动手动脚，她该怎么办？

# 27

小小打工妹：丁大哥好！

丁友刚：你好。

小小打工妹：还是上次说的那件事，可以吗？

丁友刚明明知道是什么事，却仍然问：什么事？

小小打工妹：就是帮我打官司的事。

丁友刚：可我不是律师啊。

小小打工妹：但我相信你总有办法。

是吗？丁友刚心里想，我有办法吗？除了有点钱，我现在什么都没有。不仅无权无势无单位，而且连个正经的朋友都没有，哪里有"办法"呢？又一想，既然有钱，在一定程度上也可以说是"有办法"，因为很多"办法"是可以用钱解决的。但凭什么用我的钱帮你解决问题呢？这种事情，网上太多，现实生活中也不少，不要说有可能是骗局，即便是真的，也轮不到我管闲事。但是，丁友刚仍然没有将其拉黑。主要是"小小打工妹"态度谦虚，令丁友刚想起挥之不去的"良家妇女"。即使没有"良家妇女"，丁友刚也不好意思把一个态度谦虚称他为"大哥"的人立刻拉黑。

丁友刚：除了能帮你请律师，我真没有其他办法。

小小打工妹：好，那你就帮我请律师吧。

丁友刚本想反问，凭什么？同样，觉得这样回答太生硬，太傲慢，不够谦虚，于是他尽量谦虚地问：为什么找我呢？你不是有其他朋友吗？上次你还说你问过朋友，朋友都说你胜算的可能性很大。既然如此，你不如直接找那些朋友帮忙。

小小打工妹：找了，但他们和我一样，都是工厂打工的，最高职位是生产线上的拉长，连主管都没一个，全部没料。所以我找你。我不会白让你帮忙的。

丁友刚：我也没料。

小小打工妹：总比我那些朋友强。

丁友刚：不一定。

小小打工妹：肯定。你好歹是个老板。

丁友刚：我不是老板，我也是打工的，而且现在失业了。

"小小打工妹"愣了一下，说：丁大哥，不帮忙没关系，不要把自己说得那么惨好吧。

丁友刚：我确实是打工的。之前是国营单位的总工程师，现在单位被私人老板收购了，我也内退了，失业在家。信不信由你。

小小打工妹：那你还在"租友启事"上说"有一定经济基础"？还能为人家提供食宿？还能给人家经济补偿？你不是骗人的吧？

丁友刚想笑，我倒成骗子了？我骗谁了？又一想，你怎么就不能成为骗子呢？像这样在网上发"租友启事"，如果换成别人，在丁友刚看来多半是骗子。这么想着，丁友刚就心平气和一点，说：我没有骗你，我确实也是打工的。但打工与打工不完全一样，我之前在国企做高管，收入和福利应该比你们在工厂生产线上好，多少积累了一些基础。

小小打工妹：我就说嘛，你有料。

丁友刚：这就算"有料"？

小小打工妹：这还不算有料？

丁友刚心里想，好吧，就算"有料"吧，可我的"有料"与你有关吗？又一想，假如仅仅是帮她出一点律师费，也未尝不可。既然自己整天想着做善事，还愁着不知道做什么善事，那么，现在有一个喊自己"大哥"的人遇到困难主动找到自己寻求帮助，自己也有这个能力，为什么拒绝呢？估计这种民事案子的律师费也不会很高吧。但资助可以，绝不和她做朋友，更不会做男女之间的那种"朋友"。

突然，丁友刚警觉了一下。不会是骗子吧？于是问：能视频吗？

小小打工妹：可以。但我不知道怎么视频。

丁友刚点击视频窗口。对方捣鼓了一小会儿，看见了。

很年轻，比"女妖"都年轻，完全不像已经有两个孩子的母亲。但仔细一看，年轻的背后确实透着沧桑。

不算漂亮，但也不能算丑，只是有点土，一看就是生产线上那种正宗的打工妹。这种打工妹当年特区精细化工的下属工厂有，特区内除了罗湖中心之外，也曾经满大街都是，不知怎么现在忽然消失了，估计是工厂搬迁到关外或更远的地方去了，但"打工妹"的样子被丁友刚牢牢记住了，并且终生难忘，就是视频上"小小打工妹"的形象，错不了。她们结识的朋友也确实可能只限于拉长一级。

丁友刚决定资助。但他不会给多，只给5000。不是给不起，也不是他小气，而是丁友刚认为做善事也不能过分。这方面，丁友刚是有教训的。另外，他仍然不能完全排除对方是骗子的可能性。但即便对方真是骗子，也算是骗术可佳，不就五千块嘛，丁友刚冲着"大哥"的称呼和"打工妹"的形象，认了。于是，丁友刚向"小小打工妹"要账号，答应汇5000过去。还说对不起，我只能帮你这么多，如果不够，你自己另外想办法吧。

"小小打工妹"却没有立刻提供账号，声明自己不是讨钱，是确实想找人帮她打官司。并且再次强调，她不会白让丁友刚帮忙。

丁友刚就打算白帮忙，不会要"小小打工妹"任何回报，尤其不会要她做"免费女友"的回报，强调只能给钱，帮不了其他。

"小小打工妹"停顿了蛮长时间，说：那就再说吧，我再问问朋友。然后，又给出一大捧鲜花和一个深深鞠躬的动画。令丁友刚一头雾水，不知道对方真的很淳朴，还是打算放长线钓大鱼。但他很快坦然，无欲则刚，自己只要坚持原则，只给钱，不图回报，连"裸聊"都不要，也绝不见面，更不会与她做"朋友"，无论"小小打工妹"是真淳朴还是打算放长线钓大鱼，除了5000块，还能怎样？

## 28

　　此时，售楼小姐把丁友刚带入一套视角极佳的房子里。三楼，朝东，辽阔的湖面和远处的山峦交相辉映，青山绿水湖光山色，丁友刚感觉自己不是在看房，而是在度假。他立在窗边，欣赏着美景，售楼小姐在一旁指指点点，引导着丁友刚欣赏远处的青山和近处的绿水，说如果有一根长长的鱼竿，可以直接从窗户伸出去钓鱼。形象的解说让丁友刚产生了短暂的幻觉，感觉这房子已经是他自己的了，并且，他买来之后并非打算出租，而是留着自己居住，或专门用于度假。如此，丁友刚就可以天天欣赏窗外的风景，甚至真能直接从窗户垂钓。当然，最好有售楼小姐这样的美女日夜相伴。

　　售楼小姐与丁友刚贴得很近，感觉她的胸脯都碰到丁友刚的臂膀上了。或许并没有碰到，但售楼小姐胸部最突出的部位具有尖端放电效应，体温按照波尔茨曼定理辐射过来，令丁友刚那地方感觉温暖，并且这种温暖的传导性极强，很快就传导至丁友刚的胸腔，令丁友刚心里暖洋洋的。丁友刚有一种自信，此时假如他顺势把售楼小姐拥在怀里，估计对方也不会拼命反抗，反抗也没用，在这空旷的小区空旷的楼盘空旷的房间，只能任由丁友刚把她抱紧，再抱紧……

虽然是一房一厅的小户型，但房子设计讲究，朝湖面的窗户被设计成落地型，整整一面墙壁全是玻璃，玻璃朝外，这样，墙壁也被当作屋内的空间充分利用了，还不算建筑面积，让业主占便宜。

采光极好，视觉上对房屋空间有进一步放大的作用。窗外辽阔的湖面，给丁友刚的感觉像是站在船甲板上，甚至是站在泰坦尼克号的船头上，湖风拂面，两人感觉要飞起来。就像电影《泰坦尼克号》上罗丝和杰克那样展翅飞翔。丁友刚于是就有了冲动，感觉自己还很年轻，还有能力经历一场恋爱，至少能经历一场风流。或许，是他压抑得太久了，或许，是对方采取了主动或某种暗示，或许，是相同的场景同时打动了两个虽然年龄差距大却依然是一雌一雄的动物。总之，丁友刚产生了片刻的恍惚，只记得陶醉在对方的温柔当中，感觉到一种膨胀，是那种从里到外的膨胀，膨胀得要炸出来一样，而对方年轻的躯体像真丝绸缎一样滑爽，但真丝绸缎是干燥的，而售楼小姐的肌肤则略微带有湿润，并由此产生了物理学上两个相互抵触的现象并存：既保持了良好的浸润性，又更具一定的表面张力。丁友刚虽然是学化学的，但物理课程也学得不错，他立刻想到，只有年轻生命的活力才能创造如此悖论并存的奇迹。

这是丁友刚当年在菁菁身上从未体验到的感觉，给丁友刚带来的不仅仅是局部的快感，而是浑身的如醉、如痴、如梦幻……当时，他感觉这一刻是自己人生的顶点和最高潮，事后，他则自责是自己人格的深渊和人品的最低谷……他痛恨自己的堕落，他对自己厌恶，觉得自己本质上是个坏人，至少是个容易背叛的人。当初背叛导师、背叛专业精神、背叛单位、背叛菁菁，今天背叛道德、背叛伦理、背叛理性、背叛曾雪芬。他与曾雪芬还没有肌肤之亲，就与比她年轻许多的售楼小姐滑入了深渊。丁友刚不可能再与曾雪芬结婚了，甚至不敢再次面对她，就像他当初不敢再次面对菁菁一样。现在，不是他怀疑曾雪芬的人品和素质有问题，而是他确信他自己的人格、人品配不上曾雪芬，也配不上这世界上的任何女人。或许，苍天就是要让他孤独终身。这是苍天对自己的惩罚，在这个问题上丁友刚自己都觉得该惩罚自己。

丁友刚感觉不能再背叛了，从此之后永远不再背叛任何人，不再背叛自己的良知。眼下，丁友刚所做的第一件事就是不能背叛售楼小姐。方式不是娶她，如果那样，就是更大的罪恶。他丁友刚有何能、何才、何德敢娶一个比自己小差不多三十30岁的女孩？再说，就算丁友刚敢冒天下之大不韪，想娶售楼小姐，对方也未必同意嫁给他。此时的丁友刚还算清醒，他清楚，售楼小姐一时冲动给他片刻温柔是一回事，与他结婚和他相守终生是另外一回事。售楼小姐与菁菁是两代人，甚至与曾雪芬都不是一代人，她们对爱、对性、对欢乐、对婚姻也是两种理解和两种态度。所以，丁友刚不背叛售楼小姐的方式不是向她求婚，不是娶她做老婆，而是购买售楼小姐推荐的房子。丁友刚抱着赎罪的心态，差不多把整个梅林关小区内所有一房一厅的房子全部买下了，也把自己身上的钱全部用尽，才获得一点点安心。

丁友刚是完全自愿的。售楼小姐丝毫没有逼迫他，更没有因为握住他的把柄就威胁他或要挟他。之前之后，售楼小姐对丁友刚一如既往，给丁友刚的感觉是她把那场经历当成应景之作，是对湖光山色和泰坦尼克的激情反射，抑或偶然遭遇了一场风花雪月，情不自禁，而并非精心策划的温柔陷阱。一切都是真情流露，一切都是水到渠成，一切都是顺其自然，一切都是自然而然。当然，丁友刚也想到过利益。即使当时没考虑，在后来冷静下来填写的一大堆合同和支付大笔人民币的时候，他也想过。但即便是售楼小姐精心布置的陷阱，丁友刚既然上钩了，就只能认栽。

合同是售楼小姐替他填写的，丁友刚的任务就是签名，一份一份地签名。每份都有十几处要签名，他连看都没认真看，最坏的结果就是售楼小姐设局骗他。假如真的出现这种情况，房子买吃亏了，丁友刚也无悔无怨。他甚至不恨售楼小姐，而理解成是苍天对他的惩罚和报应。

# 29

一连几天，"小小打工妹"再未出现。

第一天丁友刚没在意。

第二天，丁友刚想了一下，觉得有些奇怪，如果是骗子，白给5000还不要吗？"小小打工妹"确实是打工妹，丁友刚上过视频，是不是打工妹，他还是能看出来的。既然是打工妹，哪怕是打工妹中的兼职骗子，也不会白给5000块不要吧？如果是放长线钓大鱼，放这么长的线，她就不怕线断了吗？

第三天，"小小打工妹"还没上来，丁友刚当然也没像对待"良家妇女"那样主动去打招呼，但心里却焦虑起来。不会又是一个"良家妇女"吧？如果那样，自己不又添一条罪过？丁友刚认真反思了一下，自己并无过错。已经答应给钱了，"小小打工妹"自己不提供账号，我能有什么办法？

日子越久，丁友刚越是焦虑，他想对"女妖"说，却又不敢，担心"女妖"问：怎么这种怪事都让你碰上？

终于，这一天"小小打工妹"又冒出来了，令丁友刚一阵惊喜，其惊喜程度大约与"良家妇女"突然出现相媲美。

小小打工妹：丁大哥好！

丁友刚赶紧回复：你好你好！

小小打工妹：那笔钱，我真的很需要。

丁友刚：你告诉我银行账号，或者你发工资的工资卡卡号也行。

小小打工妹：但我不想白白占你的便宜。

丁友刚：这不算占便宜。既然叫我一声"大哥"，你遇上难处，"大哥"帮你一把是应该的。

小小打工妹：是不是我太丑，你瞧不上我，白给你做女朋友都不要？

丁友刚：哪能这样说。

小小打工妹：那该怎么说？

是啊，丁友刚想，那该怎么说呢？总得有个说法吧？

丁友刚确实没有认为"小小打工妹"丑，也不能说是瞧不上"小小打工妹"，他自己一个糟老头子了，哪有资格瞧不起年轻的女孩啊。但丁友刚也确实不喜欢"小小打工妹"。至于为什么，说不清。是"小小打工妹"有太明显的"打工妹"特征？是丁友刚从来没想过娶一个打工妹或与一个打工妹做朋友？还是道德方面的担心？或干脆就是怕对方玩"仙人跳"？不不不，即使完全不考虑道德和"仙人跳"，丁友刚仍然不喜欢"小小打工妹"。忽然，丁友刚想起了"良家妇女"，丁友刚没有拉黑"小小打工妹"的原因是她像"良家妇女"一样谦虚，可除了两人的相同之处外，有什么不同呢？既然丁友刚喜欢"良家妇女"，为什么不喜欢"小小打工妹"呢？丁友刚使劲想了一下，终于想起来了。在"女人味"。"良家妇女"身上有明显的"女人味"，而"小小打工妹"没有。至于什么是"女人味"，丁友刚同样说不清，大约就是看上去比较温柔善良而略带一点性感的样子吧。"良家妇女"就是这个样子，而"小小打工妹"不是。"小小打工妹"虽然看上去不丑，并且更加年轻，但丁友刚看不出温柔善良也看不出性感，所以完全没有感觉。

丁友刚：借，算你借我的，等你有钱了就还我。

小小打工妹：不可能，我不可能有钱。

丁友刚：不一定。深圳的事情，谁知道啊。说不定下个月你就彩票中奖了呢。

丁友刚不是安慰"小小打工妹"，他真是这么认为的。虽然彩票中奖的概率很低，低到忽略不计，但凭"小小打工妹"这种敢于豁出去的精神，找个比丁友刚更有钱的老头做朋友是完全可能的。丁友刚不喜欢"小小打工妹"，不代表别人也不喜欢，所以，"小小打工妹"有钱的概率很大，大到百分之百。

当然，即便她有钱了，丁友刚也不打算要回这5000块。

小小打工妹：就算我突然发财了，怎么还你呢？

丁友刚：打回我的账号。

小小打工妹：你账号多少？

丁友刚犹豫了一下，不习惯把自己的账号告诉陌生人。又一想，即便你玩"仙人跳"，也不可能仅凭一个银行账号就能把我玩倒吧。在男女的问题上，丁友刚相信，只要男人确实不碰对方，确实连歪心思都没有，女方一般不会凭空捏造"事实"来讹男人。万一出现这种情况，估计警察也不是傻子。

尽管如此，丁友刚仍然不打算把自己真实的银行账号告诉"小小打工妹"。除了本能的防范意识外，另一个考虑是没必要，因为他根本就没打算要回这5000块，也根本不打算要"小小打工妹"任何回报。于是，在提供自己的银行账号时，丁友刚故意把末尾的两个阿拉伯数字颠倒。

丁友刚：工商银行，955880400013……

小小打工妹：真对不起，不是我得寸进尺，实在是5000元不够，我问了律师，起价6000，另外每次出庭还得付费。

丁友刚相信"小小打工妹"没有说谎，因为他觉得"小小打工妹"编不出"出庭费"这样的细节，他也不在乎再多给一点，但自己定的原则不能轻易放弃。于是说：我不是怀疑你，更不是舍不得多给一些，但我真心劝你不要打这个官司。

小小打工妹：为什么？

丁友刚：因为你打不赢。

小小打工妹：律师说能打赢啊。

丁友刚：律师为人打官司其实是开展他自己的业务，是做一种生意。为了赚钱，任何案子，你问律师，他都一定说能打赢。如果律师说打不赢，你还会请他打吗？

小小打工妹：不会。

丁友刚：所以，律师说能打赢，是他开展业务的需要，未必就真能打赢。

小小打工妹不说话，估计是在思考丁友刚的话。

丁友刚等了一会儿，敲出：换位思考，你前夫的律师也一定对他说他能打赢。

小小打工妹：是的，他电话里面说了，说他也问律师了，律师说他能赢。

丁友刚：你看看，我说嘛。所有的律师，不管是原告的律师还是被告的律师，在争取业务的时候，都信誓旦旦地对委托人保证官司他一定打赢，但开庭的结果只要有一方胜诉，另一方肯定败诉。或者说，只要有一方赢，另一方就肯定输，不可能两家都赢。好比打麻将，有赢的就一定有输的，不可能都是赢家。

小小打工妹：那肯定。

丁友刚：所以，律师的话不可信。千万不要因为律师说能赢官司，你就打。

小小打工妹：不是的，我不是因为律师说能赢才打官司。

丁友刚：那是为什么？

小小打工妹：因为我不想后悔。

丁友刚：不打官司就后悔？

小小打工妹：是的。因为我前夫吸毒，大女儿要是跟他，肯定毁了。

丁友刚心里咯噔了一下。立刻将心比心，想到自己的儿子。同时想，倘若真是如此，法官说不定真把她大女儿判给"小小打工妹"，如果丁友刚自己是法官，他就这样判。

丁友刚：你总共要多少钱？

小小打工妹：估计要一万吧。

丁友刚心里想，倘若这一切都是真的，"小小打工妹"如果真想把官司打赢，并且最后真的把大女儿接到身边，一万块钱远远不够。因为，即使"小小打工妹"赢了，对方律师也一定鼓动她前夫上诉，把一桩简单的小案折腾成复杂的大案，是律师"创收"的拿手好戏，换上丁友刚也会这么做，比如推翻"小小打工妹"关于前夫吸毒的证据。只要不能提供前夫吸毒的有效证据，把两个女儿全部判给"小小打工妹"的理由就不成立。但要"证明"某件事情，实在太难了，谁起诉谁举证，前夫吸毒这种事情，"小小打工妹"怎么举证？难道要她前夫当庭吸毒给法官看看？

丁友刚：你前夫是和你离婚之前就开始吸毒，还是离婚之后？

小小打工妹：离婚之后。

丁友刚：那你怎么知道他吸毒？

小小打工妹：谁都知道。

丁友刚：谁？

小小打工妹：他家里人也知道啊。他姐姐还要我好好劝劝他，让他戒毒。

丁友刚：你劝了吗？

小小打工妹：劝了。

丁友刚：他怎么说？

小小打工妹：他说我要是同意复婚，他就戒毒。

丁友刚：他想和你复婚？

小小打工妹：想，他一直都想。经常以看女儿为名，来骚扰我。

丁友刚：你考虑和他复婚的可能性吗？

小小打工妹：不可能。

丁友刚：为什么？

小小打工妹：他还有他父母那么重男轻女，太伤害我了，连我小女儿都伤害了，我死也不会再与他复婚。

丁友刚：假如他们改变态度了呢？

小小打工妹：不可能。

丁友刚：我是说假如。

小小打工妹：假如也不可能。

丁友刚略微思考了一下，说：也不一定。如今计划生育政策松动了，假如你答应再生一个，说不定这次能生个男孩，或许他们对你的态度就改变了呢？

"小小打工妹"停顿了片刻，回答：他们态度变了我也不愿意复婚。

丁友刚：为什么？

小小打工妹：因为他吸毒了。

丁友刚：可他是因为你才吸毒的呀。

小小打工妹：胡说！我从来就没叫他吸毒。

丁友刚：你是没叫他吸毒，但他确实是与你离婚之后又后悔了，想复婚你又不同意，他苦闷，然后才吸毒的呀。所以，他的吸毒与你多少有点关系。

"小小打工妹"沉默。

## 30

售楼小姐并没有骗丁友刚。虽然有了肌肤之亲，但她仍然给丁友刚打折，照样给他优惠，同时为他争取到了两成按揭并且利息打七五折，所不同的是，这种关外的房子比科技园附近那 11 套更便宜，因此，丁友刚在此处的房产数量远远超过在科技园的。

令丁友刚感动的是，售楼小姐在明明知道丁友刚再也无力购买任何房产的时候，仍然一如既往地与他保持联系。依然经常给他发短信，依然给他打电话，依然说略带色彩的笑话给他听。甚至，遇上什么不顺心的事情，她还向丁友刚倾诉。给丁友刚的感觉是，如果他想重温旧梦，只要再创造一个温馨浪漫的环境，比如邀请她一起去地中海或爱琴海，售楼小姐没准能答应。

有一次售楼小姐主动对丁友刚说到她自己的男朋友。说她因为业绩斐然，获得了不少奖金和提成，已经拥有两套房产，自己住一套，出租一套。而男朋友虽然学历比她高，但好高骛远，天天想做大生意，至今一事无成，住着她的房子，还要摆大男子主义，她不但提供房子给男朋友住，还要陪男朋友睡觉，帮男朋友洗衣做饭。

"我贱啊？"售楼小姐说。

"他总有吸引你的地方吧。"丁友刚说，"比如年轻帅气有朝气等。"

"嘁，"售楼小姐说，"年轻有什么用？要说帅气，还不如你。"

"我？"丁友刚吓了一跳。

"是啊，"售楼小姐说，"你确实比他帅啊。而且学历也比他高，事业比他发达。"

"瞎说，"丁友刚立刻否定，"我哪有什么事业？都失业在家了，还'事业'呢。你哄我吧。"

售楼小姐说："怎么没有事业？你都关里关外几十套房子了，还不算事业吗？"

"这也算事业？"丁友刚问。

"不算吗？"售楼小姐反问。

"不算。"丁友刚肯定地回答。

"那你说什么才叫'事业'？"售楼小姐又问。

"事业，事业就是在科学上做出特殊贡献的那种。比如陈景润、华罗庚、杨振宁、李政道、丁肇中他们。"

"哈哈哈哈……"售楼小姐大笑起来，说，"你真逗。他们那叫'科学事业'，但除了科学之外，其他方面就不是'事业'了吗？文学家艺术家的成功不算事业吗？"

丁友刚说："也算。"

"商界的成功人士，比如香港地产大亨李嘉诚，他算不算事业有成？"

丁友刚回答："算。"

"还比如我们深圳的地产大佬王石，他算不算事业有成？"

"算。"丁友刚说。

"那你算不算地产'小亨'？"售楼小姐问。

"不算。"丁友刚。

"怎么不算？"

"人家是开发房地产的，而我是在你的鼓动下买了几套房。"

"几套？"售楼小姐在"几"字上特别做了重音处理。

"几十套。"丁友刚自我纠正加了一个"十"字。

"在深圳拥有几十套房子还不算'事业有成'？大叔，你的心太大了吧。难道你还想整出几百套？"

丁友刚不敢再说了。他说不过售楼小姐，更怕自己把持不住，旧错新犯。

他们偶尔也见面。售楼小姐的两套房子也在梅林关小区，丁友刚因为处理退租、出租之类的事情，经常去，每次去，几乎都与售楼小姐见面。此时，售楼小姐已经与男朋友分手，丁友刚甚至感觉，如果他想重温旧梦，做个暗示，创造一个合适的环境和氛围，不是没有可能。他甚至感觉售楼小姐也有此意，在等待丁友刚主动。丁友刚因此陷入两难，明知女方有这个意思，自己作为男人再不主动，似乎太不敢担当，一点也不"男人"；但如果主动提出，又恐怕亵渎了女方的善意。到底该怎么做？丁友刚竟然没了方向。难怪人家说"女追男一层纸"，除非售楼小姐自己明确提出，否则丁友刚不敢。但售楼小姐始终没有明确挑明，最多就是犹抱琵琶半遮面，搞得丁友刚心里痒痒，却又不敢造次。最后，他深感自己罪孽深重，千万不能再添罪恶，不管售楼小姐心里到底怎么想，于是，丁友刚坚决断了自己的邪恶念头，与售楼小姐的交往小心翼翼地保持着分寸，只是在公众场所吃饭喝咖啡，再未进入任何私密场合，避免自己冒犯她。

此后，丁友刚开始卖房子。

房子太多了，确实负担沉重。不但每月大笔的按揭支付让他胆战心惊，而且，几十套房子也让他焦头烂额。虽然委托给了中介机构，虽然深圳的中介机构很发达也很专业，但许多问题他不得不亲力亲为。当初，售楼小姐以悄悄话的方式告诫丁友刚，要选择房客，但中介机构不管这些，谁出的房租高他们就给谁，所以，房客当中难免良莠不齐、鱼龙混杂，确实有许多受过良好教育的青年才俊，但也有不少素质差的，甚至不乏从事非法职业的。这就让丁友刚无法省心。所以，一有机会他就卖房，以至于房地产交易中心的人都认识丁友刚了。

所谓"机会"，很简单，就是看该处房产是不是升值了。升值了就买，升得越多越要买，因为丁友刚不打算做赔本买卖。

最先获得"机会"的是科技园附近的那10套房子。因为，它们很快就涨价一倍，看样子还能涨，丁友刚等不及了。一是他手上房屋太多，急需处理出去一批，二是他想与曾雪芬彻底摆脱关系。丁友刚感觉没脸见曾雪芬。只有把那10套房子卖掉了，才可以永远不进科技园附近的那个小区，才不会每次进去的时候本能地抬头遥望那扇窗，才不会想起那些不堪回首的往事。

科技园附近的房子卖掉之后，丁友刚提前偿还了梅林关小区部分房子的按揭，这样，那些房子就完全属于他自己的了，不仅不用每月向银行付款，而且房产证也从银行抵押回到丁友刚自己的手上，等再有机会出手的时候，因为"红本在手"，不仅能卖出更好的价钱，交易过程也更快捷。实践证明，买家更乐意买"红本在手"的房子。

因为与售楼小姐维持联系的缘故，丁友刚卖房的事情她也知道。售楼小姐坚决反对丁友刚这样做，说眼下正是房地产一天一个价格的时候，这时候出手太可惜。而丁友刚回答得相当干脆：我要那么多钱干什么？

# 31

小小打工妹：丁大哥好！

丁友刚：你好。

小小打工妹：我认真考虑您的话了。

丁友刚：什么结论？

小小打工妹：他吸毒确实与我有关。

丁友刚：就是嘛。

小小打工妹：但我不可能与他复婚。

丁友刚给了个问号。

小小打工妹：除了伤透心之外，关键是为女儿着想。

丁友刚再给一个问号。

小小打工妹：我问了人家，他们说吸毒的人不可能彻底戒掉。

丁友刚没说话，也没给问号。这个问题超出了他的知识范围，他不能肯定，也不敢否定。

小小打工妹：我不能让女儿跟一个吸毒的父亲一起生活。

丁友刚仍然没表态，但心里已经基本认同。假如自己的前妻吸毒，

小小打工妹：所以我还要打官司。

丁友刚：真要打官司，并且要打赢，一万也不够。

小小打工妹：花多少钱也要打。

丁友刚心里想，问题是你有多少钱呢？我可以帮你5000，也可以帮你10000，但不能一直帮你啊。

"小小打工妹"仿佛能听见丁友刚心里的想法，敲出：我不会让你白帮的。

丁友刚心里想，知道，你说过多次了，不就是愿意做我的"免费女朋友"嘛。可我不需要啊。

不对，也不是不需要，丁友刚其实很需要，否则，也不会发"租友启事"了，问题是，"小小打工妹"不是他喜欢的类型。他怎么可能为自己根本不喜欢的人无限付出呢？

但是，这些只是丁友刚心里的想法，他不可能说出来。丁友刚从小就听大人说"刀子嘴豆腐心"，可丁友刚主张伤害别人的话一句也不能说出口，而不管你是豆腐心还是刀子心。

丁友刚：即使你官司打赢了，大女儿也回到你身边，你怎么养？

在丁友刚看来，她一个生产线上打工的纯打工妹，挣工资养一个女儿已经非常不易，如果养两个，更是不可能。无论怎么节省都不可能。

小小打工妹：走一步算一步吧。

丁友刚：可现实就在眼前啊，你不能一点都不考虑吧？

"小小打工妹"没有立刻回答，估计是被丁友刚问住了。

丁友刚：是不是到时候打算再找我借？

小小打工妹：不会不会，绝对不会。

丁友刚：那就是再找别人借？

"小小打工妹"又不说话了。丁友刚等了很久也没见到对方回应，他基本确定对方不是骗子，如果是骗子，骗5000再说，骗一万更好，不会没事找事节外生枝到手的钱都不要。于是丁友刚说：告诉我你的账号或卡号，我先给你5000，不够再说。

"小小打工妹"仍然没有回应。当然，也没给她的银行账号或卡号。

丁友刚：说实话，我认为这场官司你打不赢的可能性大。

小小打工妹：为什么？

丁友刚：因为你不能提供证明他确实吸毒的有效证据。

小小打工妹：谁都知道啊。他姐姐都承认啊。

丁友刚：他姐姐亲口对你说了？

小小打工妹：是的，他姐姐亲口对我说的，还要我劝劝他不要吸毒。

丁友刚：是吗？

小小打工妹：是的，我没说谎。

丁友刚：我相信你没说谎，但法官信吗？你有录音吗？

小小打工妹：没有。

丁友刚：他姐姐愿意出庭在法庭上为你证明她弟弟确实吸毒吗？

"小小打工妹"停顿了一下，回答：估计不会。

丁友刚：还有，如果打官司，是在深圳打，还是在你老家打？

小小打工妹：当然是深圳。我还要上班呢。

丁友刚：你们当初结婚证是在深圳领的还是在老家领的？

小小打工妹：老家。他的老家。

丁友刚：你们俩老家不在一起吗？

小小打工妹：不在一起。我老家贵州，他老家河南。

丁友刚：你们是在深圳认识的？然后谈恋爱，结婚的时候回他老家河南领的结婚证？

小小打工妹：是的。

丁友刚：离婚呢？

小小打工妹：也是在他老家。本来是要在深圳的，可是不行，在哪里领的结婚证就必须在哪里办理离婚。

丁友刚：我就是这个意思。估计你要打官司也必须回他老家。

小小打工妹：这样啊？

丁友刚：如果深圳不受理，必须回他老家打，律师的往返费用加上

141

住宿费、差旅费等等估计你一万都不够。还有你自己的费用呢？你总不好意思住到你前夫家里吧？

小小打工妹：嗯。

丁友刚：而且你们回去一次肯定搞不定，必须多次，这是无底洞，你很可能官司打到一半就破产了。

"小小打工妹"不说话。

丁友刚：而且，我讲实话，在他们老家，他应该多少有点关系。

小小打工妹：是，他姑父在法院。

丁友刚：你看，我说的吧。即便他姑父不在法院，当地的法官也会向着他们本地人，而不会向着你这个外地人。

小小打工妹：那怎么办？

丁友刚：所以我劝你不要打这种官司。

"小小打工妹"又不说话了。

丁友刚：不要急，你再咨询一下律师，问律师这案子是不是一定要回你前夫的老家才能受理。

小小打工妹：好。

## 32

　　售楼小姐的话很快得到证实，被丁友刚"贱卖"的科技园房子价钱很快又翻了一番。丁友刚忽然想，特区精细化工有限公司如果当初不做实业，就利用国营企业的招牌，从银行大量贷款，然后大量买房子，现在是不是相当发达了？如果那样，是不是就不至于被私人老板收购了？自己也就不用提前退休了？

　　售楼小姐的唠叨加上残酷的现实也影响了丁友刚。他虽然觉得钱多了没用，但也不会真讨厌钱。如果真讨厌，怎么没见他把钱从银行取出来点把火烧掉？有那么一段时间，丁友刚暂时停止了疯狂卖楼。毕竟，剩下的物业已经红本在手，不用承担任何还款压力，每月坐等房租即可。而且他也习惯了应付与房客之间的麻烦，他用不着急着出手。

　　丁友刚学会了开车。因为深圳驾照难考，丁友刚跑回老家安徽办了一张。公安系统服务非常到位，通过网上下载，直接把家乡的驾照换成深圳的驾照，手续费只需 10 元。

　　他买了车。通过比较，最终买了凌志，也就是雷克萨斯。因为据说欧美的车子虽然结实，但小毛病不断，不是漏机油，就是哪一天忽然打不开车门，或者无缘无故闪烁警示灯，搞得你不得不开进 4S 店，而只要进了 4S 店，没问题也要让车主脱四层皮。但一般的日本车又太轻飘，看着就没分量，不经撞，唯有雷克萨斯，不仅保持了日本车一贯的电子技术领先和细节设计合理的特点，而且车身借鉴了欧美风格，底盘是整体锻压而不是焊接拼凑的，与欧美车同样敦实安全。

开好车不是为了炫耀，但确实能增加自信。比如在室友钱善乐面前，丁友刚就恢复了自信。或者说找回了一点平衡，不觉得自己生活质量比钱善乐差，也不比他当年在盐湖所的三位师兄弟差。

丁友刚剩下的房产是在国家出台限购政策之后出手的。他不怕限购，但是怕物业税。媒体上反复讨论国家要开征物业税。说此举不但能够遏制房价疯狂上涨，也能弥补购房政策出台之后的地方财政短缺。丁友刚认为这确实是一个好政策，估计会很快推出。

按照丁友刚的理解，如果只有一套房，可能免税，如果有两套房，可能象征性地征收一点税，但是，如果像他这样手上有三套以上的商品房，则一定重税，并且拥有的房子越多，征税比例越大。道理如个人所得税同出一辙。至于像他本人这样经过大量出手仍然拥有十几套房子的情况，将来物业税的支出说不定高过租金收入。这种情况一旦发生，手上有三套以上商品房的业主必然狗急跳墙疯狂抛售。到那时候，估计卖房就困难了。丁友刚决定"先知先觉"，未雨绸缪，赶在国家开征物业税政策出台之前抢先清理掉手上多余的房产。

这次他没有对售楼小姐说。他发现，男女之间所谓"纯洁的友谊"并不存在。即便像他这样怀着赎罪心情苟且偷生的人，在售楼小姐与男朋友分手后，俩人一见面，丁友刚也不禁想入非非，总忘不了那富有年轻生命活力的浸润力和张力，之所以没有再次滑入深渊，完全是自己受道德约束而努力克制的结果。但常在河边走难免不湿鞋，避免重蹈覆辙的最好办法就是断绝来往。

房产清理完之后，丁友刚换了一张手机卡，与售楼小姐断了联系。

这就是深圳的好处，大，且流动性强，只要手机号码换了，基本上就能做到大隐隐于市。

　　让丁友刚没有想到的是，等他的房产全部处理干净之后，国家并没有开征物业税，而且，房价仍然上涨。他有一种公鸡因为提前打鸣而被主人宰了的感觉。不过，丁友刚也不后悔。像他自己说的，他要那么多钱干什么。

# 33

∨∨∨

小小打工妹：丁大哥好！

丁友刚：你好。

小小打工妹：律师说他有办法。

丁友刚：什么办法？

小小打工妹：把民事案转变成刑事案。

丁友刚不懂。离婚案能变成刑事案吗？

小小打工妹：律师说可以。

丁友刚：怎么可以？

小小打工妹：前夫再来骚扰我，我就哄他，故意让他得逞，然后报警，指控他强奸，最好故意让他吸毒，然后录下来，作为证据，控告他吸毒和强奸，就构成刑事案了。刑事案不受地域限制，在深圳发生的案子，就可以在深圳受理。

丁友刚倒吸一口冷气，脱口而出：你真狠心啊。

他本来想说"你真歹毒"的，临到出口，修正为"狠心"。可在心里，他就认为"小小打工妹"歹毒。也许她并没有意识到，但无知的歹毒，有时候比刻意的歹毒更残酷。因为无知，所以没有底线。

小小打工妹：不是我，是律师教我的。

丁友刚：他叫你杀人你也听？

小小打工妹：他没叫我杀人，只是教我怎么才能把案子留在深圳，怎么才能打赢官司。

丁友刚：一旦变成刑事案，就不是你大女儿判给谁的问题了，而是你前夫要判几年的问题。

小小打工妹：这样啊？

丁友刚：当然这样，要不然怎么叫"刑事案件"？刑事案是要负刑事责任的，"负刑事责任"就是坐牢。一日夫妻百日恩，前夫再不好，也是你两个女儿的父亲，你设局把他送去坐牢，将来你怎么对女儿交代？两个女儿长大之后能不恨你吗？

小小打工妹：恨我？

丁友刚：不恨你恨谁？

小小打工妹：不是我，是律师，是律师给我出的主意。

丁友刚：什么狗屁律师。你有没有看他的律师执照？他这样教唆你设局陷害本身就是犯法，你知道吗？

小小打工妹：不知道。

丁友刚：你这叫制造伪证，叫诬陷。你以为经过层层筛选考进来的深圳警察都是傻子啊？你说强奸就是强奸？你看现在有几个判强奸罪的？

小小打工妹：是啊，是比以前少了。

丁友刚：疑罪从无，强奸罪必须有完整的证据链才能成立。你按这个狗屁律师的馊主意做，说不定自己构成诬告坐牢。你信不信？

"小小打工妹"没有回答信还是不信。她似乎有点害怕了，不敢说话。

丁友刚：我知道你不是故意的。或许你自己也知道这官司你打不赢，之所以要打，按照你自己的说法，是怕将来后悔。打了，即使打不赢，将来也就不后悔了，在女儿面前也就好交代了。说到底，你所做的一切，都是为了女儿。是不是？

小小打工妹：是。

丁友刚：但如果你听狗屁律师的话，设局把你两个女儿的亲生父亲送去坐牢，两个女儿现在还小，什么都不懂，不怪你，将来大了，懂事了，了解事实真相，能原谅你吗？会对你好吗？

小小打工妹：那怎么办？

丁友刚：悬崖勒马，千万不要听狗屁律师的屁话。也不要一天到晚想着争夺大女儿的抚养权了。你争取不到，争取到了也养不好。大女儿现在在哪里？在深圳还是在你前夫的老家？

小小打工妹：在老家，和她爷爷奶奶过。

丁友刚：那不蛮好吗？她爷爷奶奶没有吸毒吧？

小小打工妹：没有。

丁友刚：还是啊。如果你真放心不下，有空带着小女儿去看看，比这样与她们的父亲打官司好。

"小小打工妹"沉默了一会儿，问：律师那边怎么交代？

丁友刚：不需要交代，不找他就是。什么狗屁律师，我估计他是冒牌的。

小小打工妹：他找我怎么办？

丁友刚：你不理睬。如果他纠缠，你就报警，告诉警察他唆使你制造伪证的事情。

"小小打工妹"又沉默。

丁友刚：把账号告诉我。

小小打工妹：不需要了。谢谢！

丁友刚：不是给你的，是给你女儿。你带着小女儿去河南看看大女儿，让小女儿看看她姐姐，让大女儿看看她妹妹。

小小打工妹：那好吧。

丁友刚等了好一会儿，终于看见账号 621799584005……

丁友刚：哪个银行？

小小打工妹：邮政储蓄银行。

丁友刚没说话，当即打开自己的网上银行，把承诺的5000汇过去。然后，一分钟没有耽误，立刻把"小小打工妹"拉黑。

真不是瞧不起对方，而是害怕。"小小打工妹"连自己两个女儿的父亲都敢设局陷害，何况对他这个所谓的"大哥"呢。尽管她只是有这个打算，并未真做，尽管她这个"打算"也是受人唆使，但被唆使犯罪也是犯罪，被教唆着杀人也是杀人。就如《朗读者》当中的汉娜，受纳粹利用助纣为虐，不能因为汉娜的无知而获无罪。无知的歹毒也是歹毒，而且可能是没有底线的超级歹毒。这样的人，丁友刚还是远远躲开为好。

## 34

丁友刚回想被提前退休的几年，尽管经历了失落，品尝了孤独，产生过迷惘，感到过厌世，甚至后悔当年的下海，但回过头一看，竟然比在位的时候更精彩。意外的收获有两条，一是身体仍然健康，二是一不小心成了有钱人。他因此感叹命运捉弄人，同时也发觉苍天未必总是公平。自己是个背信弃义、没有道德底线的小人，却活得好好的，而菁菁后来再婚的丈夫，据说是个非常忠厚并且道德高尚、专业水平很高的医生，天天打太极拳，生活极为阳光和健康，居然得了淋巴癌，发现的时候已是晚期，还没来得及当上主任就走了。为什么生活习惯健康、注重体育锻炼且本身就是医生的人反而早逝？为什么他这个基本上不锻炼身体并且心灵肮脏、坏事做尽的小人却仍然苟且偷生？为什么好人常常得不到好报而坏人却大行其道？

丁友刚设想过与菁菁复婚的可能性，也试探了一下，被菁菁轻轻一句"你自己好自为之吧"客气地挡回。

也是。丁友刚想，凭自己肮脏的灵魂和丑陋的躯体，也确实不该再次玷污菁菁。

儿子已经上大学。丁友刚去北京探望过，但儿子的态度相当冷淡，基本上不希望与他见面，更没办法交谈。丁友刚给他钱，儿子也不要，说："我妈给了。"丁友刚找到儿子的辅导员，辅导员通过和儿子谈心，得到的答复是：我并不否认他是我父亲，也不恨他，但就是感到陌生，感到他的生活与我无关，我的生活也与他无关，亲近不起来。

丁友刚向菁菁求助，菁菁只警告丁友刚不要给儿子太多的钱，这样对他的成长不好。

丁友刚还算是个知趣的人，又深知自己罪孽深重，已经相当对不起菁菁和儿子了，不能再去过分地打扰儿子的生活或乞求儿子的情感资助。再说，乞求来的感情未必是真感情，说不定反而遭到儿子更大的反感和嫌弃。于是，丁友刚只是偶尔与儿子电话联系，儿子偶然接他一次电话，丁友刚却连说什么都不知道。他不知道儿子到底想什么，也不敢把自己的想法告诉儿子。有时候想把自己的一些人生经验和感悟传授给儿子，却开不了口。觉得自己的经验和感悟未必正确，即便正确，儿子也未必听，说不定还产生逆反心理。丁友刚自觉自己是个堕落的人，根本没有资格教育别人，包括没资格教育自己的儿子。误人子弟是一种罪过，误"己"子弟罪上加罪。他也常常往儿子的卡上打一些零花钱。基于菁菁的警告，不会打得太多。这样，丁友刚基本上又回到了刚刚被退休的状态，整天无所事事，不知道自己该干什么。

丁友刚不再买股票或买房，更不会投资任何实业。

不炒股的最初原因是躲着曾雪芬，后来是他不想追逐盈利，但也不想巨亏。可他的账户还在曾雪芬工作的那个营业部，账面上还有钱。他没有把账户转走，甚至也没有把最后的几十万取出来。怕惊动曾雪芬，也怕曾雪芬从此失去一个客户而影响她的收益和在证券营业部的地位。丁友刚仿佛在用这种方式表达对曾雪芬的歉意。

不炒房的原因是他终于看到房价环比下跌，他相信炒房的黄金时期已过，即便可能还有新高潮，但赚钱的概率低于赔本的概率，丁友刚不想蹚这个浑水了。

至于不投资实业，主要是怕麻烦。自己亲力亲为，等于吃饱了撑的自找麻烦，委托管理或参股经营，直接的麻烦是少了，但与被托管人或合伙人之间的麻烦说不定更大。中国人可能不像西方人那样把契约精神融入骨髓里，所谓的合作，常常基于朋友关系，而丁友刚基本上没有朋友，趁早作罢。

丁友刚把钱存在银行里。媒体说眼下是负利率时代，因为通货膨胀，钱存在银行里财富反而日益减少。但丁友刚却感觉自己的钱越来越多。他是所谓的六星级客户，银行的工作人员主动请他做理财产品，资金越多，年化利率越高，最高的居然达到年息百分之九。银行还送礼。虽然送的只是大米和食用油，从经济上来说价值不大，但对于已经彻底退休的丁友刚来说，却像自己又有"单位"一样温馨，因为过去在"单位"常常发这些惠而不费的东西，结果是，搞得丁友刚再不买点银行的理财产品就有点对不起"单位"了。做就做呗，反正钱没有出银行，只是换一张凭据而已。所以，通过银行提供的理财产品，丁友刚的资金收益超过通货膨胀率，财富仍在增长。

# 35

˅

丁友刚以为"小小打工妹"从此在他的生活中彻底销声匿迹，消失得比"良家妇女"更加无影无踪。毕竟，"良家妇女"没有被丁友刚拉黑，虽然他暂时联系不上对方，但"良家妇女"还陈列在丁友刚的QQ好友中，丁友刚天天看得见，并时刻感觉到她的存在，还幻想着说不定哪一天"良家妇女"会突然上来与他打招呼。而"小小打工妹"已经被丁友刚拉黑，从"好友"名单上删除了，电脑上没有任何显示，仿佛从来没有"小小打工妹"这个人一样。只有汇出去的那5000元钱，成为"小小打工妹"曾经存在的确切证据。

丁友刚不仅在"好友名单"中剔除了"小小打工妹"，而且他在心里也刻意不再惦记对方。对一个连前夫都想设局去送坐牢的人，丁友刚鄙视、害怕，唯恐躲不及，有什么可惦记的呢？倒是对"良家妇女"，丁友刚念念不忘，每天开机的第一件事，就是查看"良家妇女"有没有主动联系他，看"良家妇女"的空间有无动静。

没有。"良家妇女"没有主动联系丁友刚，"良家妇女"的空间仍然空空如也，保持真正的"空"间。

但是，唯恐避之不及的"小小打工妹"却死灰复燃，因为，仅仅过了 24 小时，丁友刚汇出去的 5000 人民币就被如数退了回来。

这是丁友刚做梦也没有想到的事情。

但钱肯定是退回来了。看见短信提醒，丁友刚还不放心，又打开网上银行核查，5000 确实被退回来了。

怎么会退回来呢？

丁友刚迅速分析了一下，有两种可能。一是"小小打工妹"提供的号码有误，二是丁友刚在输入的时候发生错误。按说"小小打工妹"提供账号错误的可能性不大，自己的银行账号很熟悉，不要说大脑记忆了，连肌肉都有记忆，一般不会发生差错。那就是丁友刚自己输入有误？也不会啊，丁友刚对这个号码虽然陌生，但正因为陌生，所以格外注意，嘴里念四位数，手上敲四位数，再念四位数，再输入四位数，整个账号输入完之后，又核对两遍，应该更不会出错啊。

但 5000 确实被退回来了。这个没有错，千真万确。虽然丁友刚账上的钱多 5000 少 5000 他感觉不到，但银行提醒短信和网上银行的记录不会有假。

如果是对方的错误，还好说，万一真是丁友刚自己的错误，麻烦大了，"小小打工妹"一定认为丁友刚言而无信，忽悠她了。丁友刚虽然不喜欢"小小打工妹"，但也没必要忽悠人家呀。

问题是，丁友刚把"小小打工妹"拉黑了，想解释和纠错都没机会。

丁友刚不怕辜负"小小打工妹"，但他不该连人家的两个孩子也辜负啊。昨天说得很清楚，这 5000 不是给"小小打工妹"本人的，而是给她的两个女儿。丁友刚让"小小打工妹"用这笔钱带着她的小女儿去前夫的老家河南看望她的大女儿，也就是让小女儿见见她的姐姐，也让大女儿见见自己的妹妹。现在，钱没收到，让"小小打工妹"如何兑现带小女儿去河南见姐姐的愿望？如果"小小打工妹"已经给大女儿打电话，说妈妈过几天带着妹妹来看你，结果，钱没收到，去不成了，不等于欺骗女儿了吗？而这个欺骗的责任，不应当由"小小打工妹"承担，造成这种欺骗的罪魁祸首是丁友刚。

丁友刚想弥补，却不知道如何下手。虚拟空间与现实世界，有时候融为一体，感觉近在咫尺，有时候却又相距遥远，像阴阳两重天，能感觉到另一世界的存在，却似乎永远触摸不到。比如"小小打工妹"，昨天还在QQ与丁友刚对话，就像两个人面对面，仅仅24小时后，却再也找不到了，而且电脑上一点痕迹都没留下，或许有痕迹，但除非电脑高手，否则根本寻踪不到，丁友刚显然不是这种高手，甚至连"低手"都算不上。因此"小小打工妹"对他来说，仿佛对方根本就没存在过，所有关于"小小打工妹"的记忆，前夫、吸毒、律师、设局、民事案、刑事案、大女儿、小女儿……一切都是丁友刚的臆想。

丁友刚真希望是纯粹的臆想，而不是真实发生过。

千不该万不该，不该那么快把对方拉黑。

干吗一定要拉黑呢？当时是什么心态支配自己那么快把"小小打工妹"拉黑呢？按说，QQ是虚拟世界，即便不喜欢甚至讨厌"小小打工妹"，只要不理睬她就行，留着QQ也无所谓，实在要拉黑，也要等到对方确认5000收到之后再拉黑也不迟啊。可丁友刚偏偏5000人民币一汇出，就像送瘟神一样，立刻把对方拉黑了。

现在，丁友刚盼望"小小打工妹"再重新找他，质问：为什么说话不算话？说好的5000元为什么没收到？你可以欺骗我，但为什么要欺骗我两个女儿？你知道吗，她们一个6岁，另一个才3岁呀，你真狠心！或者，"小小打工妹"自己发掘提供的账号错了，主动联系丁友刚，道歉，纠错。怎么着都行。

"小小打工妹"会主动联系他吗？

不知道。但如果"小小打工妹"想联系丁友刚，还是很方便的。即便她也把丁友刚拉黑了，但丁友刚的"租友启事"还在网上，那里面就清楚地写着他的QQ号码，"小小打工妹"要想找丁友刚，大不了重新加他一次，如果因为"小小打工妹"被拉黑了，加不了，再注册一个QQ也非常方便，比如注册一个"大大打工妹"，甚至叫"打工女皇"，都可以。

丁友刚在期待。因为期待，所以不敢删除"租友启事"，并且，对一切要求加他的人，不管认识不认识，丁友刚都在第一时间点击"接受"，希望对方开口就骂他是骗子，大骗子，大大的骗子。

## 36

丁友刚再次想到找点事情做做。

这次不是为了赚钱，相反，他为了散财。

丁友刚知道中国历史上有许多散财的故事。范蠡"三聚三散"的壮举；平原君邯郸城下散财励士，激三千勇士保家卫国迎头痛击秦军；孟尝君劝父亲着眼未来，散财养士。《史记》是一部英雄史，历史上流传至今的所谓"散财"故事，当事人基本上都是出于政治图谋收买人心，即所谓"财散人聚"的行为。丁友刚没有任何野心，特别是没有政治野心，毫无成为英雄的壮志，他的散财纯粹是为了赎罪。丁友刚已经退休了，唯一的儿子连零花钱都不要他多给，丁友刚要那么多钱干什么？散了，还安心一些，也少了一项负担。

那么，怎么散呢？或者说，做什么善事呢？

丁友刚相信自己的智商，相信只要诚心做善事，一定能找到一条好渠道。

最后，丁友刚从一则新闻中获得启示。新闻说，深圳市政府为1000名进城务工人员提供免费返乡车票，市长亲自到车站送民工欢欢喜喜回乡过年。丁友刚感觉这是实实在在做好事，他决定效仿。

丁友刚注意到，深圳的各级政府机关和企事业单位，拥有大量的大巴，平常主要用来接送职工上下班，春节放假，就基本上闲置不用了，干吗不用这些大巴送农民工回家过年呢?

丁友刚决定自己掏钱租下这些春节期间闲置不用的车辆，送民工兄弟回老家过年。

他想好了细节，做善事也不能过分，否则，不仅无法控制受惠民工数量，对那些没有享受善举的民工也不公平。通过实地调查发现，如今民工的工资涨了，他们不是缺一张车票的钱，只想踏踏实实买一张车票平平安安回家过年。丁友刚打算与民工兄弟共同负担费用。他觉得这样一来，自己的想法就变得更加可行，照顾面也更广一些。

丁友刚迅速写了报告，打印多份，分别投递给政府的各有关部门。

拥有政府的支持非常必要，丁友刚不可能一家一家地去做各级机关和企事业单位的工作，没法说服他们把春节期间闲置的车辆租给他，而如果政府出面支持，发个文件或通知，问题就简单得多。

报告共有两页纸。内容太多了领导没时间看，太短了让人产生不严肃认真的感觉。

两页报告分三个部分。第一段讲了此事的重要性。第二段说具体做法，包括他个人承担租车费用，民工承担汽油费和过路费，以及说明大巴送人的具体路线，主要是广西、湖南、江西。为表明自己毫无私心，丁友刚甚至没把自己的老家安徽列在其中。第三段请求政府有关部门给予大力支持，动员一下，发个通知，请各单位克服几天，腾出大巴租给他送民工回家过年。

按规定，政府部门于7个工作日后答复。丁友刚等不及了，春运即将开始，等7个工作日就是一个星期之后，太久了。他亲自去政府接待大厅催问。得到的答复是，正在研究。丁友刚强调了时间的紧迫性，说你们批复之后，还要下通知，我再去一家一家落实，来不及啊。接待人员说，临近春节，领导都很忙，这样的事情，没有领导的批示是不能落实的。丁友刚要求见领导，接待人员说领导不在。

丁友刚锲而不舍，第二天一大早领导上班之前，他就在有关部门大门口等着，终于见到了一个部门负责人。该负责人很亲民，看了丁友刚的两页纸后，马上表态说这是好事情，支持。丁友刚喜出望外，要求领导在他的报告上批示。领导态度很好，但表示爱莫能助。说这确实是一件好事情，但也是一个巨大的系统工程，涉及许多部门，不是他一个部门说了算的，他怎敢批示？丁友刚还要坚持，旁边的工作人员提醒领导要去参加一个活动，快迟到了。领导留下一个工作人员与丁友刚继续商量，自己赶快走了。该工作人员教养很好，特有耐心，一条一条与丁友刚仔细研究，帮丁友刚分析了许多可能的情况，需要解决什么问题。第一，组织这么大规模的活动，万一发生车祸怎么办？谁来承担责任？第二，机关大巴上路送客，还收费，等于将公务车当作客运车，是不是非法营运？即使特事特办，在特区内没问题，但出了深圳怎么办？特别是还要出省，时间这么紧迫，现在与广西、湖南、江西几个省紧急协调也来不及。第三，因为收费便宜，肯定大家都想乘坐，具体给哪些来深建设者坐？不给哪些来深建设者坐？怎么摆平？会不会造成新的矛盾甚至引发群体事件？第四，春节期间机关车辆确实空闲，但司机也要放假，许多司机属于临聘人员，他们也是来深建设者，凭什么不给他们放假？第五，此举肯定影响客运公司的收入，他们会不会不乐意？第六……不用对方再罗列了，丁友刚的头已经大了。他忽然感觉，自己的想法，不说天真，起码也算考虑不周，不仅根本不可行，还等于给领导出难题，为政府找麻烦。丁友刚不得不对工作人员说：对不起！实在对不起！我给你们添麻烦了。

# 37

随着时间的推移，要求"加"丁友刚为"好友"的人越来越少，给丁友刚的感觉如黄虎狼拖鸡越拖越稀，大概是自己的"热帖"如今成了"冷帖"，位置逐渐靠后并最终被淹没了吧。他本打算撤下"租友启事"或关闭自己专门为此注册的QQ账号，但想到"良家妇女"和"小小打工妹"，又不忍关闭。对"良家妇女"，丁友刚怀有一份幻想，对"小小打工妹"，丁友刚则抱有一份亏欠，他盼望奇迹出现，盼望她们两个至少其中一个在他不抱希望的时刻又突然出现。

每天仍然有一两次小喇叭闪烁，并伴随有咳嗽声，提醒丁友刚有新人"加"他了。丁友刚因担心是"良家妇女"或"小小打工妹"新注册的QQ号，所以一刻不敢耽误，马上点击"接受"，并直接发起对话，敲出"你好"。可惜，被点开的"好友"并非他所期待的两个人。一个也不是，连改头换面的都不是。

情况和之前差不多，要么，对方并没有搭理丁友刚，要么，感觉话不投机，甚至有肆意捣乱的。有一个似乎知道他的底细，上来就揭他的伤疤：有脸见你的导师兼岳父吗？丁友刚感觉自己的脊背被人用针猛刺了一下，疼了好半天。谁呢？想了许久也没想出是谁，干脆不想了。自我麻痹地想，人要学会甩包袱，不要找包袱。

也有几个条件不错的，可惜对方就在深圳，或者在东莞，而丁友刚大概特别相信外来的和尚会念经，更信奉兔子不吃窝边草，怕对方纠缠，因此对本地或附近地区的女人敬而远之，最多礼貌几句，不会深聊。倒是每天惦记着"良家妇女"和"小小打工妹"。

"女妖"照例每天一大早就发来问候，但真正聊天的时间要拖到中午。丁友刚曾试图改变她这种习惯，"妖女"说没办法，她与网站签了合同，必须每天更新，否则前功尽弃。还说网站鬼得很，稿费不是月结，而是按季度结算，倘若自己违约，之前的三个月算白干。

"除非你立刻'租'我，否则我不敢违约。"口气是开玩笑，内容却严肃认真。

丁友刚照例顾左右而言他，不敢正面回答。说到底，他心里还没有完全放下"良家妇女"。或许，失去的都是最好的，好比钓鱼，跑掉的都说是最大的，倘若"良家妇女"并没有消失，而是在QQ上与丁友刚继续聊，说不定聊着聊着，丁友刚就发觉对方并不是自己理想中的另一半，综合起来看，说不定还不如"女妖"。问题是，"良家妇女"玩失踪了，好比那条跑掉的鱼，任由丁友刚想象，被想象成了无限大。

这一天，又有一个"旧友"重新回来，丁友刚幻想是"良家妇女"或"小小打工妹"，可惜都不是，而是"张张华"。

丁友刚记得"张张华"。因为她特别自信，敢于说出自己的准确年龄，28岁，还因为她直率地表明嫌弃丁友刚年纪大了，说自己能接受的年龄上限是40岁，丁友刚的年龄整整超出她的上限10岁，实在无法接受，所以，毫不客气地断然离开了。那么，丁友刚想，她今天却又突然找回来，是不是改变主意了呢？

这让丁友刚隐约看到了一丝希望，既然这么多"旧友"都能回头，那么，"良家妇女"和"小小打工妹"说不定在哪一天也会像"张张华"一样突然冒出来。

"张张华"上来就给一个大笑脸，然后大大方方地说：我回来了！

丁友刚给出一个"欢迎"的手势，同时敲出：欢迎欢迎，热烈欢迎！

张张华：怎么还挂在上面？还没"租"到吗？

丁友刚：是啊，我挑剔别人，别人也挑剔我啊。比如你，不就嫌弃我年纪太大了嘛。

张张华：不大吗？比我所能接受的最大年龄还大了10岁。

丁友刚心里想，其实不止大10岁，我还少说了几岁呢。同时又想，比你年轻的女孩我也不是没见过，售楼小姐不就比你小吗？还有"女妖"……

当然，丁友刚只是心里这么想了一下，并没有说出口。丁友刚说出口的是：理解。年龄相差是大了些。其实，我也未必想找这么年轻的。

张张华：这就对啦。

丁友刚给出一个不好意思的表情。

张张华：大叔，我给你一点建议好不好？

丁友刚：好啊，你说。

张张华：我觉得我妈很合适你。

丁友刚：谁？你妈？

张张华：是啊。我妈。

丁友刚：你都28了，你妈多大？

张张华：48，比你小两岁。

丁友刚心里想，不止小两岁。但敲出来的却是：你没仔细看我的"启事"吗？

张张华：我知道，你要求35岁以下，但我以为，你这是自找苦吃。找个35岁以下的老婆，你能不能搞掂啊？

丁友刚：不是"老婆"，是朋友。先做朋友。我不是说了"租友"吗？没说"租妻"啊。

张张华：租妻犯法。

丁友刚给出一个受到惊吓的夸张表情。

张张华："租友"的目的还不是为了"找老婆"？噢，你只想玩玩呀？

丁友刚察觉到自己的漏洞，赶紧承认错误，说：是是是，你说得对，租友的目的最终还是想找老婆。

"张张华"得理不让人，说：找这么年轻的老婆，你就不担心她让你戴绿帽子吗？

丁友刚无话可说。关于年龄的问题，他在贴出"启事"之前就反复想过，他有他的考虑，主要是想再生一个孩子。但他不方便把自己的考虑全盘托出，尤其是对"张张华"这样口无遮拦的人。于是，他只好找了个借口，说有事，今天先聊到这里。下了。

## 38

租用机关和企事业单位大巴的送来深建设者回老家的计划落空后，丁友刚非常失落，第一次深切感觉到，好的动机未必总是有好的结果。他仔细回味那位工作人员的分析，感觉对方不是在推诿敷衍，人家说得确实有道理，幸亏这件事情没有做成，要不然还不知道怎么收场。他甚至有些懊恼，第一次对自己引以为傲的智商产生怀疑。政府工作人员分析的这些道理并不深奥，为什么自己事先没有想到呢？丁友刚怀疑自己的智力倒退了，更担心是不是老年痴呆的前兆。

这个年过得空虚、寂寞，甚至有些恐慌。次年春暖花开之际，他决定回老家看看。一来散散心，二来看看老家那边有什么事情可以做做。

丁友刚出生在安徽皖城，皖城也是他度过小学、中学、大学毕业后从那里考上研究生，按说，皖城才是他的老家，但是，丁友刚想回的"老家"却是大别山。他曾经在大别山插队两年多。那里老乡善良、朴实和吃苦耐劳的品格，给丁友刚留下了深刻记忆。他忽然发觉，做善事就应该从身边人开始，从熟人做起，与其把钱散在不认识的人身上，不如资助自己的亲戚朋友，特别是那些曾经有恩于自己且目前确实需要帮助的人，对丁友刚来说，最应帮助的就是当年插队地方的那些乡亲们。

丁友刚从媒体上获知，中国的一些企业家把"希望工程"做到非洲，计划在非洲建设 1000 所希望小学。丁友刚相信慈善无国界，也敬佩那些把慈善事业做到全世界的中国企业家，但他自己没有这么宽阔的胸怀，以丁友刚狭隘的心理，认为还是先做好本国的慈善，然后才走向世界比较好。至于他自己，格局更小，还是先感恩大别山的父老乡亲再说，因为，那里曾经是他的"广阔天地"，那里的乡亲有恩于他。他心里想，难怪有人不喜欢陈光标，自己家乡和祖国还有那么多人生活在贫困线之下，他却跑到外国撒钱，不是讨骂吗？丁友刚认为，等全中国的老百姓都普遍比外国人生活得好了，我们再考虑支援国外，在外国建设希望小学也不迟。

这个道理同样浅显，丁友刚想，我年前怎么就没想到呢？怎么首先想到资助那些来深建设者呢？难道自己真的"痴呆"了吗？

回大别山的另一个原因是他怀念那里的宁静。丁友刚从小到大在城市生活，只是中途"上山下乡"时在大别山生活了两年半。当时在那里的时候，丁友刚天天想怎样离开大别山，他当时所做的一切，似乎都是为了早日离开大别山，早日回到城里。可离开那里几十年后，丁友刚却忽然特别渴望那种"落后"，渴望那种简单，渴望那种宁静，甚至渴望那种"落后"。他忽然发觉过分的发达并不是人性的真正需求。人，就该为自己的生计忙碌并憧憬来年有个好收成，艰苦劳动并充满希望的生活最有意思。

当然，他更怀念那里的人。其中最怀念的，不是那个曾经让他产生自杀念头的女知青，而是村里一个叫郝广秀的小嫂子。

## 39

第二天，丁友刚一开机就看见小企鹅在闪烁，点开一看，除了"女妖"例行公事般的"早问候"之外，就是"张张华"的一大堆留言。看来，昨天丁友刚下线了之后，"张张华"仍不死心，继续"开导"他。丁友刚一溜烟瞄下来，"张张华"无非是说他年纪大了，不是小伙子了，严格地说，他不是找老婆，而是找个"老伴"，一字之差，天壤之别。年轻夫妻老来伴，既然是"老伴"，首先是"老"，不到一定的年龄，哪里称得上"老伴"？其次，年龄不能相差太大，最好不要超过10岁，否则，除了"绿帽子"外，还会有一系列的不协调，包括价值观和道德水准方面的不一致、性生活不和谐，等等。总之一句话，丁友刚执意要找一个35岁以下的，别说找不到，就是找到了，也纯粹是找麻烦，是自找苦吃。

丁友刚心里想，你真以为我找不到啊？"女妖"不就是35岁以下吗？她不是天天在"问候"我吗？我只要一松口，"女妖"马上就会投入我的怀抱。至于"小小打工妹"，也远远低于35啊，年轻。"小小打工妹"并没有打算跟丁友刚结婚，只愿意和他做男女朋友，但"良家妇女"愿意啊，并且我们两情相悦，只是不知道她为什么突然消失了，而且消失得无影无踪……

不过，丁友刚又想，"张张华"的"开导"也不是完全没有道理，自己之前的设想可能确实有些片面。"年轻夫妻老来伴"这话在民间流传了几千年，是自然形成的，是人类生活的经验总结，肯定有其道理。或许有例外，但至少在大多数情况下是对的，自己是凡人，不是少数中的特例，还是应该虚心一点，遵从大众的人生经验比较好。

当初丁友刚设定35岁之下，名义上是为对方着想。考虑到女人年纪太大，在深圳很难经济独立，那么，"来深圳发展"就成了一句空话，而丁友刚也不希望一旦"租友"成功就肯定结成终身伴侣，既然不能保证对她负责到底，就应该给对方保留空间，而年轻，就是为对方保留的最重要的"空间"。

当然，这或许是借口，丁友刚"启事"中的每一个字，都是从他自身出发的，主观上首先是为他自己考虑的。比如关于年龄的限制，最直接的原因是他从曾慧芬和售楼小姐身上汲取的经验与教训。他觉得相对于售楼小姐来说，曾雪芬世故很多，相对而言，售楼小姐则单纯很多。丁友刚是人，不是神，难道不想找一个单纯的而专门想找一个世故的女人吗？

更为直接和关键的是丁友刚想再生一个孩子，超过35岁，如果像"良家妇女"那样，马上就能跟他结婚生子还好，要是再拖两年，拖到40岁之后，怎么行？所以，目的不同，要求自然不一样，因此，他理解"张张华"的"开导"，但却未必接受她的建议。他也不方便把自己的真实想法对别人说，主要是太复杂，说不清楚，更怕对方刨根问底。

丁友刚感到好奇的是，"张张华"为什么把她妈妈"推销"给我呢？是纯粹为她妈妈着想？倘若如此，她应该认为丁友刚人品不错，否则，谁能把自己的母亲推给不值得托付的人呢？女儿再狠心，也不至于把自己的母亲往火坑里推吧。

这么想着，丁友刚的心情就好了一些，就想着如果"张张华"再找他，他就不再回避，而是转守为攻，问问她母亲的情况，问问她推荐自己母亲的真实动机。

## 40

　　郝广秀不是本村人，她是从湖北黄梅县嫁到大别山来的。她丈夫叫王保国，是从村里出去当兵的。部队在浙江舟山，王保国干得不错，已经入党，并且当上了副排长。

　　郝广秀很俊俏，要不然，王保国也不会娶她。

　　说郝广秀俊俏，而不说她"漂亮"，是因为她不仅漂亮，而且洋气。郝广秀不像农村人，倒像城里人。她也经常和知青玩在一起，以至于外村人以为郝广秀也是知青。其实，郝广秀比一般女知青更漂亮，包括比那个让丁友刚想自杀的女知青漂亮。但丁友刚难忘郝广秀，却与她的漂亮、洋气、俊俏无关，而是他们之间有一段外人不知晓的共同秘密。

　　山区的农活重，最轻巧的活就是给庄稼打农药。郝广秀因为是军嫂，几乎每次都被分配打农药。但打农药不是一个人，通常需要两个人，这另一个人一般安排给知青。山里人朴实由此可见一斑。这一天，队长安排丁友刚和郝广秀一起打农药。说起来是"一起"，其实他们根本不在一起。山区的土地不像平原那样连成片，而是一小块一小块的，而且大别山不比大寨，没有像陕西大寨那样搞成壮观的梯田，他们那地方的坡地每一块大小不一，相互间隔，这块看不到那块。队长给他们分了工，丁友刚负责东坡，郝广秀负责南坡，他们俩其实是不碰面的。打农药不能赶早，不能就着露水打，否则效果不好，最佳时间是中午，天气越热，农药杀虫效果越好。这一天天气非常热。丁友刚给一小块一小块庄稼打上农药之后，没有回村，而是从东坡绕到西坡。西坡因为光照不好，和北坡一样，没有开垦，长满了野生林。林荫之中有一眼山泉，丁友刚打算趁午后没人，在泉眼边把自己洗干净再回去。以往他也是这样，习以为常，但那天却发生了意外。

泉眼不大，汇成的水池也很小，因此比较隐蔽，隐藏在茂密的植被中，不注意根本看不到。那天，当丁友刚穿过茂密的树林突然出现在小水池边上，惊呆了，因为，他看到一个赤身裸体的女人！

这是丁友刚第一次见到异性的胴体。他本能地想转身就跑，可腿脚却不听使唤，眼睛也不争气地挪不开。他看见一个女人站在水池里。

水池不深，大约到膝盖。女人一丝不挂站在水池里洗头。虽然是正面，但女人的腰是朝前弯的，弯得很低，头发的末端贴在水里，像一道帘子，遮住了身体的主要部分，只留下一头的黑发和光滑的肩膀以及部分脊背。当然，还有撩起的手臂和臂膀下黑色的腋毛。说实话，在今天看来，被人看到这些部位都算不上"走光"，但当时硬是把丁友刚吓傻了。丁友刚心跳加速，血都冲到脑门上了。他忘记了时间，忘记了空间，忘记了整个世界。丁友刚当时脑中一片空白。突然，池中的女人直起了腰，将头发使劲朝脑后一甩。丁友刚看清楚了，他看得非常清楚，不仅看见了女人的两个奶子，而且看见了女人大腿交叉处漆黑一片，同时，他更看清楚了女人的脸——原来是郝广秀。当然，郝广秀也看见了丁友刚。

丁友刚猛地反应过来，转身就跑。

完了完了，这下完了。这下彻底完了。

丁友刚知道这件事情的严重性。

丁友刚有个邻居叫郭义金，就因为偷看女人上厕所，被人打个半死，而且身败名裂。

郭义金比丁友刚高两级，当时丁友刚读初一，郭义金上初三。他们的父亲是一个单位的。两家都住的是父亲单位的宿舍。单位宿舍用的是公共厕所。一大间洗漱间，一边是自来水龙头和水池，一边是用木条隔出几个小方块，安装几个蹲式马桶就成厕所了。每个方块都有门，所以厕所不分男女，谁使用的时候，躲进小方格，从里面把小门一关，就稀里哗啦了。小方格之间的隔墙是木头做的，蛮高，站在这边一般看不到那边，但木墙并没有封顶，假如谁的个子有姚明那么高，站在这个小方格，也能看见隔壁小方格里面的情况。不过，他们那栋宿舍里没有姚明这么高的大个子，所以，这种"假如"根本不存在。郭义金的个子比丁友刚高，但毕竟是初中生，比一般的大人还是矮一些，更不用说姚明了，可是那天郭义金却爬上隔板，从隔板的上面把脑袋伸到了那边，偷看女人上厕所。由于弄出了响声，被那女人发现，大叫一声，惊动了整栋宿舍楼。郭义金当场被抓现行。首先被人一顿围殴，然后扭送至派出所。派出所是怎么处理郭义金的丁友刚不清楚，但郭义金从此就成了"流氓犯"，被大家孤立，谁看他不顺眼都可以骂他一句甚至打他几下。郭义金骂不还口、打不还手，任人欺辱，初中一毕业就被送去下乡，再没回来，从此消失。

　　丁友刚的"罪行"显然比郭义金严重。郭义金爬到厕所之间的隔板从上往下看，最多只能看见女人的臀部，而丁友刚站在离水池几米远的地方，面对面看女人一丝不挂地洗澡，特别是对方站起来后头发朝后一甩，全身上下暴露无遗，女人平常最不愿意让人看的地方丁友刚都看了，罪行当然更大。而郝广秀是全村最俊俏的新媳妇，而且还是军婚，谁都不能碰，不敢想，却让丁友刚看了个彻底，这个性质多严重？该遭多少人嫉妒和记恨？大家一怒之下把丁友刚打死也是有可能的。

　　不仅如此，犯下"流氓罪"，丁友刚还能被招工招干或推荐上大学吗？

　　丁友刚几乎被吓死。大夏天的，硬是躲在床上捂住脑袋不敢出来，大家以为他是农药中毒了，差点被送到公社卫生站抢救。

　　可是，郝广秀并没有站出来揭发丁友刚，丁友刚纯粹是自己吓自己。

郝广秀不仅没有像"麻会计"那样站出来揭发丁友刚的"流氓罪行"，相反，还仍然到他们知青点来玩，有说有笑，像完全没有这回事一样。恢复高考的文件下达后，郝广秀还鼓励丁友刚认真复习，不要分心，暗示丁友刚不要有思想顾虑，那个秘密，她是不会对任何人说的，搞得丁友刚感动得眼泪都要流下来。

丁友刚离开大别山后，一直没有忘记郝广秀，但他一直把这份感激和惦记藏在心里，即使在给村里人写信的时候，也小心翼翼地避开郝广秀，不敢直接给郝广秀写信，也不敢托别人代他向郝广秀问好，甚至不敢打听郝广秀的情况，比如郝广秀是不是随军走了等等。丁友刚怕自己产生邪念而亵渎了郝广秀的善良，更怕自己把握不住而触碰到"高压线"。

现在，丁友刚老了，一切担心、顾虑都自然化解了。他发觉人在小时候是没有性别概念的，老了之后性别差异也会淡化，难道这就是所谓的"返老还童"？这次回大别山，如果还能见到郝广秀，丁友刚或许能坦然面对，即使郝广秀已经随军走了，只要能打听出地址，丁友刚也打算去专程探望。如果有需要，丁友刚肯定第一个资助郝广秀。

郝广秀还在吗？丁友刚能见到她吗？她需要资助吗？如果广秀随军了，并且她老公王保国当上大官了，还需要丁友刚的资助吗？

一切皆有可能，只有回去才知道。

# 41

"张张华"对丁友刚一番"开导"后，又玩失踪了，一连几天，再未上来。丁友刚担心再次发生"良家妇女"那样的事，遂放下架子，主动给"张张华"打招呼。她居然没有回复。丁友刚又给她发了一个动画，"张张华"仍然没有反应。丁友刚查了一下，在线啊，怎么不回答呢？丁友刚又给了一个抖动，依然没动静。不管了。把她丢在一边，跑去给"女妖"打招呼。

女妖问：考虑好了没有？

丁友刚：考虑好了。

女妖：什么结果？

丁友刚：过几天我去看你。

女妖：仅仅是"看"吗？

丁友刚：你要是不反对，希望能做其他。

女妖：哪些"其他"？

丁友刚略微犹豫了一下，说：比如接吻。

女妖：只是接吻？没有其他了吗？

丁友刚：要看情况。

女妖：什么情况？

丁友刚：各方面情况。

女妖：哪方面情况？

丁友刚再次犹豫了一下，说：QQ 上聊，和面对面聊，感觉是不一样的。

女妖：那又怎样？

丁友刚：我的计划是，只有在 QQ 上聊得非常投缘了，才见面。

"女妖"给了一个赞同的手势。

丁友刚：如果见面聊得仍然投缘，才考虑下一步。

女妖：哪一步？

丁友刚：就是你刚才说的"其他"啊。

"女妖"给了个鬼脸。

丁友刚：怎么？不对啊？

女妖：对。你考虑得还蛮周到嘛。

丁友刚：我说过，我是认真的。

女妖：你还蛮谨慎嘛。

丁友刚：你也一样。

女妖：我什么一样？

丁友刚：你也不可能轻易跟人家做"其他"吧？也得看准了，才"其他"吧？

"女妖"给出哈哈大笑的表情。

丁友刚：怎么？我说得不对吗？

女妖：我没有你想的这么复杂，还做计划。

丁友刚：你不做计划吗？

女妖：我是跟着感觉走。我相信自己的感觉，感觉好了，就 OK 了。

丁友刚：你是说在情感上？

女妖：是啊，我们不是在说情感问题吗？

丁友刚：是，我们是在说情感话题，但我们也在说"计划"。我是问，你做其他事情也没有计划吗？

女妖：做其他事情？做什么"其他"事情？你是说做爱吗？

丁友刚忍不住笑起来。同时想，或许"张张华"说得对，我要是真娶了"女妖"这样的小女孩，凭她这样开放的性格和对性的态度，真说不定随时给我戴绿帽子。幸好，现在只是在网聊阶段，离"娶"还早着呢。

丁友刚：我是说写作。难道你写作也没有计划吗？不写一个大纲什么的？

女妖：写小说还要大纲？

丁友刚：不要吗？

女妖：要吗？

丁友刚：我想应该要吧。像我们之前做课题，总是要有个计划的。更早的时候，还要撰写专门的可行性报告，也叫初级报告，然后要多次开会研究讨论，听取有关专家和领导的意见，反复修改，最后才可能通过，通过之后，等上面拨款，资金到位之后才可以着手去做。

"哈哈哈哈……""女妖"给出一大堆大笑的表情，觉得不可思议。

丁友刚：好笑吗？

女妖：不好笑。

丁友刚：那你笑什么？

女妖：我笑我们不在一个频道。

丁友刚：怎么不在一个频道？

女妖：写作属于艺术创作，搞艺术和做科学不是一个频道。

丁友刚：艺术创作就不需要计划和设计吗？文学创作就不能有大纲吗？

女妖：别人怎么做我不知道，但我肯定不要。怎么说呢，科学好比一座大厦，建设一座大厦当然需要规划和设计，当然需要"大纲"。而写小说好比栽种一棵大树，树是有生命的，大树的生长你怎么规划？怎么"大纲"？除非是做官样文章或命题作文，才需要事先写大纲。真正的文学创作比如写小说，是自然生长的，是不会按照"大纲"规定的方向生长的。所以我认为即使做了计划也是屁话。

丁友刚给出一个大拇指，表示赞赏。同时心里也疑惑，那些中外名著都是"自然生长"出来的吗？于是问：你说的是写手吧？你们在网上写作，一天上万字，当然没有时间写大纲。但那些真正的"作家"呢，他们在杂志上发表或在出版社出版的小说，难道也是"自然生长"的？

"女妖"被问住了，出现短暂的沉默。

丁友刚进一步问：比如你自己吧，你在杂志上发表的那两个小说，难道是一气呵成"自然生长"出来的？

女妖：不是。

丁友刚：还是啊。

女妖：虽然不是"自然生长"的，但也不是"大纲"出来的。

丁友刚：那是怎么做的？

女妖：是我在网上写作的过程中，发现其中的一段不错，单独拷贝出来，修修补补就成了一篇短篇小说。

丁友刚：修修改改？

女妖：是，修修改改。修改虽然不能说"自然生长"，但也与"大纲"无关。

丁友刚：是。修改只能调整枝枝叶叶，使树木看上去漂亮一些，但基本的树干还是原先"自然生长"的。

"女妖"给出一个赞同的手势。

丁友刚：但是。

女妖：但是什么？

丁友刚：你作为"写手"，当然可以从自己"自然生长"的文字中"复制"一段，修修补补成一个短篇，但那些真正的作家呢？他们没有"自然生长"的文字，完全靠"创作"，难道不需要一个完整的构思？

女妖：你说对了，是"构思"，其实我们在网上写作也一样需要构思，甚至反复构思，有时候晚上做梦都在构思，然后一大早起来赶快写出来。但"构思"与事先写"大纲"不一样。

丁友刚再次给出一个大拇指。

他是真心的。

丁友刚不是很了解文学创作，但他认为"女妖"说得有道理。看来，"女妖"确实是有写作天赋的，如果不是为了生活"码字"，真可以成为一名真正的作家。

42

　　下了高速公路，丁友刚发现乡村的变化真是巨大。已经变得不像过去的乡村了，倒有点像过去城市的城乡结合部。基本上看不到草房，连平房都很少，家家是楼房。丁友刚几乎不认识路。幸好，大山还在。巍峨的大别山，仿佛是作为人生大舞台的永恒不变的背景，傲视人间的潮起潮落，宠辱不惊，岿然不动，为丁友刚回故乡的路提供了可靠的坐标。

　　回到山村，正好赶上出殡。

　　丁友刚以为是村里哪位老人走了，马上想到自己既然赶上了，不管是谁家的老人，他都应该随份子。但是，他很快就觉得气氛不对，因为，当地送老人出殡要吹吹打打，可是这次却万物肃杀，空气中透着太平间般的阴冷。

　　原来是送孩子。而且不是一个。丁友刚的心陡然收紧了一下。

　　丁友刚设想过自己回到山村的各种情景，唯独没有设想到这种情景。他想过村里变化很大，想过他可能不认识路，也想过他可能不认识人，他甚至想过村里人可能已经不像从前那么善良和朴实了，要么，对他不热情，要么，是假热情，目的是想从他口袋里掏更多的钱，所有这些，他都不感到意外，他甚至都能接受，他不就是打算回来散钱的嘛，还怕多掏钱？但是，唯独眼前的这种情景，是丁友刚没想到的。怎么这么巧呢？一回来就赶上村里出殡，而且一下子给这么多小孩子出殡。丁友刚不迷信，但再不迷信，也觉得这里面透着不吉利，甚至觉得他自己是"扫把星"。当然，这个想法一闪而过，并未在大脑中多停留。孩子出事是在几天前，那时候他还没回来呢，与丁友刚是不是"扫把星"扯不上关系。

丁友刚还在发愣，突然，一个老太太扑通一声跪在地上，紧紧抓住丁友刚的双手，泣不成声，用当地特有的花腔女高音般哭丧专用音调嚎道："丁书记啊，您可要为我们做主啊！"

丁友刚不认识这个老太太是谁，但老太太显然认识他，否则，不可能准确地喊他"丁书记"。丁友刚虽然离开多年，但"丁书记"这三个字他还是能听懂，特别是"丁"，不会错的，除了他，当地再没有人姓丁。可是，自己连党员都不是，怎么成了"书记"呢？再改革开放，也不会让党外人士担任书记吧？丁友刚想，大概是乡亲们以为他当上大领导了吧。在乡亲们眼里，大领导都是"书记"。

这也难怪，当年丁友刚考上大学走的时候，山民们就认为他是做官去了，做到现在，看这派头，估计应该是"书记"了。

这时候，旁边有人告诉丁友刚，说老太太叫郝广秀，你可能不记得了，是从湖北黄梅嫁过来的。还说，她家最惨，孙子和外孙子同时走了。

啊？是郝广秀？丁友刚怎么能不记得郝广秀？可是无论怎么说，丁友刚始终无法将当年俊俏的小媳妇与眼前哭成泪人的老太婆画等号。丁友刚记忆中郝广秀比他大不了两岁呀，怎么变成这么老的老太太了？再看她旁边的老头，就是传说中英武的海军副排长王保国。丁友刚之前没见过王保国，只见过他与炮舰的合影。据说王保国曾经回来探亲一次，恰好赶上春节，丁友刚回皖城过年了，没碰面。今天终于见到真人，但从老人呆滞的神情更是一点也看不出当年的英姿。丁友刚还没想好怎么说，其他山民已经纷纷效仿郝广秀，齐刷刷地跪在丁友刚面前，喊着"丁书记为我们做主"。

直到此时，丁友刚才闹清楚，是接送孩子上学的"三脚猫"翻了。

"三脚猫"是本地产的一种机动三轮车，行驶在崎岖的山路上，一歪一斜，摇摇晃晃，随时要倒的样子，平常拉拉山货还可以，怎么能用来接送孩子呢？可是，不用"三脚猫"，用什么呢？

为提供尽可能平等的受教育机会，这几年全国都在搞并校。就是把之前分散在各村的小学合并到相对集中的村镇，以便集中有限的资金、师资和其他资源，为更多的农村孩子提供相对较好的教学条件。据说这是一项务实和有效的举措。特别是在取消乡村民办教师制度后，实在没有足够的公办教师填充到只有几十甚至只有几个学生的偏远乡村小学来，靠志愿者的短期行为毕竟杯水车薪，也非长久之计，最有效的办法就是并校。但并校之后，配套措施没来得及跟上。安排全部学生住校不可能，为贫困地区免费提供高级校车更不现实，在此背景下，"三脚猫"们应运而生，承担了接送孩子上学放学的大部分任务。翻车撞车事故也就接二连三发生。

弄清楚情况之后，丁友刚心情更加沉重，他决定为乡亲们做点事。

丁友刚虽然不是真正的"书记"，但因为有钱，也照样可以为乡亲们"做主"。

丁友刚当即表态：第一，给每位遇难学生的家长 10 万元安抚金；第二，给村里赞助一辆世界上最安全的进口校车。

不知不觉间，丁友刚说话的口气已经有了"书记"腔。

此言一出，群山震撼。

"青天大老爷回来了啊！"

"丁书记没有忘记乡亲们啊！"

"感谢党！感谢政府！"

"感谢政府！感谢党！"

丁友刚无法解释，也无须解释，他只管做实事。

丁友刚甚至认为，真正应该说感谢的是他丁友刚。他从心里感谢乡亲们给了他一个"散财"的好机会。他甚至觉得这是苍天对他的眷顾。他不是一直想着怎样"散财"而不得要领吗？不是打算租用机关大巴送农民工而差点惹祸吗？这下好了，苍天有眼，终于给了他一个精准散财的光明途径。感谢苍天！感谢故乡！感谢乡亲！

　　村支书也以为丁友刚是"书记"，而且是"大书记"，承诺给这么多钱，不需要开会征求其他常委的意见，不是"大书记"能有这么大的拍板能力吗？

　　因为有"私心"，丁友刚另外支付 10 万元，特别嘱咐村支书单独给郝广秀。支书最懂尊重领导，对丁友刚吩咐的事情，照办，且闭口不问丁友刚这样做的原因。

# 43

"张张华"终于上QQ了，好像没事一样和丁友刚打招呼：嗨！

丁友刚：上午怎么不理我？

张张华：上午？我出去了呀。

丁友刚：骗人，我看到你在线。

张张华：我出去电脑也不关机，挂在线上。

丁友刚想了一下，他自己也是这样，一天只开一次机，中午睡觉都不关，挂在线上，更不用说下楼散步和买菜了。

张张华：找我什么事？

丁友刚：没什么事。

张张华：没什么事你急着找我？

丁友刚：啊，也不是有什么事，就是你那天找我聊天，我有事先下了，觉得不礼貌，所以今天跟你打个招呼。

张张华：这样啊，没劲。我以为你回心转意了呢。

丁友刚：回心转意？回什么心？转什么意？

张张华：我以为你接受我的意见了呢。

丁友刚：对啦，我正要问你呢。你为什么建议我找你妈？

张张华：不可以吗？

丁友刚：可以。但我第一次碰见女儿推荐自己母亲的。

张张华：我还第一次碰见"租友"的呢。

丁友刚给出一个不好意思的表情。说：网络时代了，与时俱进嘛。

张张华：我感觉你的心态很年轻。

丁友刚想，恰恰相反，我的心死过一次了，这叫置之死地而后生吧。因为是"后生"的，也就是"新生"，所以表现为"年轻"。但他并没有说出自己的真实想法，而是回复：装的，其实一点也不年轻了。

张张华：知道就好。

丁友刚摆出一个投降的姿势。

张张华：所以，我还是劝你找一个年龄相当的比较务实。

丁友刚：你讲得或许有道理，但我不能接受你关于"绿帽子"的说法。

张张华：不服啊？

丁友刚：这个问题不成立。

张张华：怎么不成立？

丁友刚："启事"上面写得很清楚，在"租友"期间，"不干预女方的事业和感情发展"，这个意思就是允许她对外交往，找到比我好的，打声招呼，好聚好散。既然"允许"，就不存在"绿帽子"。

张张华：这样啊？

丁友刚：当然是这样。你可以再看看"启事"啊，还挂着呢。

张张华：如果这样，那你租我吧。我住着你的，吃着你的，拿着你的，然后到外面找，找到了，就对你说拜拜，找不到，就继续吃你的、住你的、拿你的。

丁友刚：可以啊。我的"启事"就是这个意思啊。

张张华：那你不是吃亏了？

丁友刚：天下没有免费的午餐。你要觉得这样好，你就可以一直这么过，我供你吃、供你住、供你用。你连青春都舍得给我，我供你这些，谁吃亏啊？

张张华：哦，我明白了。弄了半天，你是想占女孩子便宜啊。

丁友刚：别不是"吃亏"就是"占便宜"好不好？这年头，谁也不是傻子，谁能占谁的便宜啊？只要公开、公平，就自然公正。条件明写在这里，双方自愿，你不愿意也没人强迫你，谁吃亏谁占便宜了？

"张张华"给了一个一头雾水的表情。然后说：我被你弄糊涂了。我先想想，等会儿再跟你说。

# 44

　　从大别山回来，丁友刚一路心情舒畅。回到深圳，更是一身轻松。之前，丁友刚总觉得深圳的绿化虽然很美，但也做作，好比一个女人打扮得花枝招展而有点轻浮和不正经的样子，可是现在，同样是路边的绿化，丁友刚居然能找到当年上山下乡年月在田间闻见油菜花香的感觉。那么清新，那么自然，那么和谐，那么赏心悦目，那么令人释怀，那么令人放飞……丁友刚忽然觉得自己不孤独了。哪怕单独一人，只要一想到乡亲们喊他"丁书记"就觉得好笑并感到温暖，一想起孩子们坐在宽敞的进口校车上欢快地上下学，丁友刚就觉得自己这辈子没有白活，来深圳这么多年也没有白干。丁友刚由此看到了自身的价值，感觉到了生命的意义。连晚上睡觉，都比以往踏实。

　　唯一让他有点遗憾的是郝广秀的处境。丁友刚没想到王保国最终没能提干，因此郝广秀当然也就没能随军。而且，从她的状况看，这些年生活得并不如意。估计除了物质匮乏外，精神也备受折磨吧。可以想象，当年郝广秀怀着多么美好的憧憬从湖北的黄梅嫁到安徽大别山来，以为只要苦上几年，熬上数载就能随军，跳出"农门"成为真正的城里人和"干部家属"，可是，在最青春年华的岁月，独守空房那么多年之后，最终等来的却是王保国退伍。她该是多么的失望而又不能将自己心中的苦楚对任何人倾诉啊。丁友刚感慨人的命运真是捉摸不定的。他甚至"假设"一下，"假设"郝广秀当年不是嫁给王保国，而是嫁给另一个人，比如嫁给一个知青，再比如就嫁给了他丁友刚，则完全是另外一个结果吧？平心而论，如果当年郝广秀愿意嫁给他，丁友刚肯定欢喜若狂，才不管什么招工招干和推荐上大学呢，拥有这么俊俏的女人，舍弃什么都值了，在农村"扎根"一辈子也在所不惜。可是，这种"假设"根本不成立。如果郝广秀不嫁给王保国就不会来安徽，丁友刚根本就没机会认识她，而他们认识的时候，郝广秀已经是军婚，是"高压线"，丁友刚连想她一下都觉得是犯罪，哪里还有可能娶她？退一步说，即便丁友刚真敢冒天下之大不韪娶了郝广秀，他的人生轨迹就完全是另一个走向，说不定真的成了当地的农民，至少不会考上大学和研究生，谁敢保证一定能给郝广秀带来幸福？干农活自己并不在行，说不定郝广秀嫁给他更吃苦。

这天晚上，丁友刚做了一个美梦。梦见五月的大别山，漫山遍野的映山红中，从湖北黄梅嫁过来的新媳妇郝广秀在开心地奔跑，像欢快的梅花鹿穿梭在花丛之间，仿佛是故意跑给丁友刚一个人看……

花儿说，你走了，我开给谁看？

广秀问，你走了，我为谁奔跑？

丁友刚为景所惑，抬腿去追，可又想到郝广秀是军婚，是传说中的"高压线"，他一个知青，还指望好好表现早日回城呢，哪有胆量触碰军婚？所以，丁友刚赶紧收住脚，停在原地，远远地欣赏，还生怕自己的欣赏被旁人看见。

忽然，郝广秀从他身边跑过，一个深情的回眸，说："丁书记，快来呀！"丁友刚被吓了一惊，想起大队书记哪里是他一个皖城下放的知青敢冒充的。丁友刚想纠正，可嗓子里发不出声音，急死了。

丁友刚醒了。不完全是被急醒的或吓醒的，手机也正好响了。

这么晚了，半夜三更，谁给我打电话呢？

一接，才知道是山村支书打来的。

丁友刚的大脑发生短暂的短路，不确定是不是在做梦。

支书是当年大队书记的儿子。当初丁友刚插队的时候，他还是小孩，几乎没印象，这次回去算正式认识，丁友刚还托支书转交给郝广秀一笔钱。回深圳后，因为落实校车的事情又联系过几次。支书怎么半夜打电话来呢？

"本来不想打扰您的，"对方说，"但还是觉得应该告诉您。"

"什么事？你说。"丁友刚意识到情况不妙。联想到刚才的梦，丁友刚以为是郝广秀突然去世或想不开寻短见了。

但是，不是。

对方停顿了一下，说："校车出事了。"

"校车出事啦？！出什么事情啦？！"丁友刚叫起来。把自己彻底叫醒了。

"翻了。"对方说。

对方到底是真正的书记，尽管不是什么"大书记"，但面对突发事件，明显比丁友刚这样的"假书记"淡定。

"翻了？怎么翻了？孩子怎么样？出人命了吗？"丁友刚焦急地问。

"精准扶贫慰问团来了，学校组织学生欢迎，回来晚了，所以……不过，您放心，已经处理了。该送医院的送医院了，该……"

"我来。我现在就来。"丁友刚说着，已经开始穿衣服。

丁友刚走沿海高速，转盐坝，经深惠，上粤赣高速。

夜路孤行，丁友刚提醒自己注意安全，防止祸不单行。但车子比他急，稍不注意，时速超过 140km/h。

村支书在电话里反复安慰丁友刚，说事故与车子无关，主要是路况和司机技术差，还幸亏了丁友刚捐赠的车子好，打了几个滚都没变形，要是"三脚猫"，更惨。

车子确实是好车子。包括关税，丁友刚总共花了一百多万元。

校车是从加拿大进口的，据说比美国的校车更安全。通体黄色，非常显眼，外号"大黄蜂"。

校车的发动机前置，车头前伸，看上去有个"大鼻子"，和早年中国的解放牌卡车有点像。但"大黄蜂"比中国的老式解放牌高大、壮实，一看就是不怕撞的样子，即使翻车，也不会变形。

据卖方介绍，这种前伸式的发动机设计主要是考虑万一被撞击时，冲击力相对较低，很安全。还说，即使在冰面或雪地上跑，速度60km/h，紧急刹车也不会打滑。刮七八级大风，在高速路上也不会感到"飘"。

不仅外表像卡车，也确实使用了重型卡车的底盘。车重达10吨。车体全钢。车内没有任何可燃物，安全标准堪比装甲车。

既然如此，怎么会翻呢？

丁友刚一路自责，懊恼自己考虑不周。既然花一百多万买了好车，就该再花一点钱请一个好司机，或者，干脆把学校配备的司机送到加拿大接受培训。可是，他不可能把乡村的道路也送到加拿大"培训"啊。"大黄蜂"的许多先进设计，是针对国外实际情况的，比如不怕暴风雪和撞车，但大别山区没有暴风雪，山区的道路上也很少有车，至于晚上，更是根本没有车，"大黄蜂"的这些优越功能在大别山的乡村土路上根本发挥不了作用，倒是路基不牢，容易塌陷侧翻。"大黄蜂"不具备防路基塌陷的功能啊。

据支书隐约透露，山区乡村道路的状况，不适合开重型卡车，宽度不够，也经不住压，这也是导致"大黄蜂"翻车的原因之一。

车进江西，实在太困，丁友刚决定休息一下。把车停在抢险通道，打开警示灯，调低靠背椅，躺下。

刚刚睡着，就感觉车子滑动起来。

他很紧张。这是高速公路啊！

丁友刚感觉车子顺着公路往前滑，速度越来越快。

虽然躺着，但座椅有角度，丁友刚能看见少许路面。他想踩刹车，腿脚却不听使唤。车子像有灵性，居然一路沿着公路滑行，并未冲下公路或与其他车辆碰撞，可速度越来越快，停不下来，万一前面堵车怎么办？丁友刚努力让自己坐起来。他似乎做到了。可刚刚坐起，就看见前方果然堵车。丁友刚立刻制动，腿脚却使不上力。急死了，担心发生连环撞。自己可以不要命，不能连累别人啊。丁友刚拼尽全身体力，可越是着急腿脚越是不听使唤。他大脑清醒，却硬是指挥不动腿脚！像梦魇。眼看就要发生悲剧，突然，车子失去重力，漂浮起来。透过车窗，丁友刚看见西坡泉眼水池里的郝广秀，看见坐在大班台后面的陈善乐，看见导师兼前岳父举头仰视烧杯中的液体颜色变化，看见师母在厨房忙碌，看见菁菁背英语单词，看见儿子在玩小汽车，还看见曾雪芬和售楼小姐，她们分别在沉思和逗乐，只是并未注意他的存在。此时，丁友刚正在他们头顶上随风飘荡。

# 45

过了没几分钟，"张张华"就想明白了，她立刻上来继续"骚扰"丁友刚。

张张华：我想明白了。"只要公开公平，就自然公正"这话很对。

丁友刚给了一个得意的表情。

张张华：别得意，我收回之前的话。本小姐不租给你啦。

丁友刚给出一个不明白的表情。

张张华：我感觉如果那样，我就像是在出卖自己。

丁友刚：把你妈妈介绍给我，是不是在出卖自己的母亲？

张张华：那不一样。

丁友刚：怎么不一样？

张张华：我妈妈年纪和你接近。

丁友刚：那又怎样？

张张华：年龄相近她就不感觉是在出卖自己。

丁友刚：年纪相差大了就感觉是出卖自己？

张张华：是。年纪相差大了就会感觉委屈。强忍委屈在一起生活就感觉是出卖。

丁友刚：你觉得有些女明星委屈吗？

张张华：打住！人家是名人。

丁友刚：名人不是人吗？

张张华：但不是一般的人。

丁友刚：你觉得我太"一般"？

张张华：你觉得自己是"名人"？

丁友刚：没有。

张张华：就是嘛。

丁友刚：你是说你"租"给我，心里感到委屈？而你妈妈就不会？

张张华：是。

丁友刚：你妈就不是人吗？

张张华：你妈才不是人呢！

丁友刚：我不是这个意思。

张张华：那你是什么意思？

丁友刚：你只能代表你自己，怎么能代表你妈妈呢？你怎么知道她心里就不感到委屈呢？

张张华：我跟她谈过。

丁友刚：谈过什么？谈过我吗？

张张华：没具体谈你。我是说我已经大了，她可以为自己考虑了，该找一个老伴了。

丁友刚：她怎么说？

张张华：她一开始有些不好意思，说老都老了，还找什么伴。

丁友刚：后来呢？

张张华：后来我说"老伴老伴"，正因为"老"了，才更需要"伴"。

丁友刚：她怎么说？

张张华：她就笑了。同意了。

丁友刚：然后呢？

张张华：然后我就说了你的情况。

丁友刚：怎么说的？说深圳有个老头在"租友"？

张张华：神经啊？我怎么会这样说。

丁友刚：那你怎么说的？

张张华：我说因为业务关系，我认识深圳的一个大叔，单身，条件还可以，我想介绍给她认识。

丁友刚：她怎么说？

张张华：她说，深圳？那么远？不行不行。

丁友刚：你怎么说？

张张华：我说怎么不行？要不是为了你，我自己就去深圳了。

丁友刚：她就同意了？

张张华：没有。她让我不用管她，如果我自己想去深圳，尽管去。

丁友刚：既然她都没同意，你怎么就自作主张把她推荐给我？

张张华：你认为她这是不同意吗？

丁友刚：不是吗？

张张华：我认为她这就等于松口了。

丁友刚：是吗？

张张华：不是吗？

丁友刚：至少不是很明确吧。

张张华：至少存在可能性。

丁友刚：那倒是。

张张华：其实我只是在探讨可能性。

丁友刚：噢？

张张华：如果可能，我真希望我妈在深圳找一个老伴，然后我就跟过去。

丁友刚：为什么一定在深圳找？

张张华：我喜欢深圳。

丁友刚：你来过深圳？

张张华：没有。

丁友刚：那你凭什么说喜欢？

张张华：那么多人喜欢北京，未必都去过，全世界很多人向往美国，难道他们都去过美国？

丁友刚：就算你有道理，但并不表示你妈也喜欢深圳啊。

张张华：深圳气候好。

丁友刚：那倒是。

张张华：深圳是国际大都市。

丁友刚：是。

张张华：俗话讲"大隐隐于市"。

丁友刚给出一个没弄明白的表情。

张张华：在我们这个小地方，我妈如果找一个老伴，八字还没见撇呢，就被人议论死了，万一相处一阵子觉得不合适再分手，还不被说成是"老不正经"？深圳，估计就不会这样了。

丁友刚：那倒是。你们在什么地方？

张张华：宁夏中卫。听说过吗？

丁友刚：去过。

张张华：你来过我们中卫？

丁友刚：有一年大雪，从西安飞北京，中途停靠中卫。我还在机场买了沙枣呢，很好吃的。

"张张华"给出兴奋的表情，说：看来我们是有缘分的。

丁友刚：当然，认识就是缘分。

"张张华"摆出一个沮丧的表情，说：这么浅啊？

丁友刚：怎么浅？

张张华：你在这里"加"了多少"好友"，都是有"缘分"吗？

丁友刚：那不一样。

张张华：怎么不一样？

丁友刚略微想了想，回复：说实话，"加"的好友确实很多，但绝大多数虽然加了，却根本没有展开对话。还有一些只说上两句，就感觉话不投机，真正能聊上几句的，不到十分之一。能够多次反复对话的，只有三个人，其中一个就是你。你说算不算有"缘分"。

"张张华"给出一个欢快的表情，然后问：另外两个是谁？方便告诉我吗？

丁友刚正思考着要不要告诉"张张华"关于"女妖"和"小小打工妹"的情况，"女妖"就恰好上来找他。丁友刚对"张张华"说：有人找我，先下了。拜拜！

## 46

第二次回大别山，因为走得急，下高速后丁友刚居然走错了道。

主要是天色暗，作为背景的大别山忽隐忽现，没有很好地起到"坐标"作用。等丁友刚发现不对劲，再想掉头，估计比往前走更远。

不如先休息一下。

丁友刚把车停在路边，拉紧手闸，车窗留下一指缝隙，座位调整到舒适的角度，倒下就睡着了。

丁友刚不确定这一觉睡了多长时间。好像只有一会儿，也好像睡了整整一个世纪。醒来的时候，眼前一道佛光。不知道是自己疲劳的眼睛冒金花，还是确实有佛光普照。再定神一看，果然发现一座庙宇。

看上去很沧桑，不像深圳的弘法寺，虽然雄伟壮观、金碧辉煌，但因为太新太富丽堂皇，总有一种"人造"的感觉。而眼前的这座透着佛光的古刹，灰墙青瓦，古色古香，偶尔露出的黄色或紫红色围墙，也不敢放肆地张扬，非常收敛地隐藏在绿树或翠竹的背后，显得低调并富有深远的内涵，仿佛是自然"长"出来的。

丁友刚不确定自己已经醒来还是在做梦。他下车询问，被告知此庙是五祖寺。

五祖寺？当年插队的时候就听郝广秀说过。说她们老家有座五祖寺，很灵验的，每年她回娘家，再忙都要到五祖寺上香。丁友刚离开山村上大学之后，随着阅读面的增广，渐渐了解五祖寺在中国的佛教史上占有极其重要的地位，既是佛教禅宗五祖弘忍大师的说法道场，也是六祖慧能大师的得衣之地，不仅在中国，就是在整个华人圈，也享有极高的盛名。工作之后，丁友刚曾经多次想来看看，却始终未能成行，没想到今天一觉醒来，五祖寺居然就在眼前。

难道这是天意？

丁友刚锁上车门，随人群一起步行。

一路上坡，一路虔诚，一路冥想，一路忏悔。丁友刚仿佛在此走完了自己一生的路程。

临近山门，丁友刚才发觉别人或提着油，或捧着香，唯有他两手空空，给人的感觉是毫无诚意，对佛祖不敬。

他在想着是不是买点东西，或干脆给钱。正犹豫着，忽然见到一个似曾相识的身影。

身影从坡上往下走，显然刚从五祖寺敬香出来。

身影离丁友刚越来越近，也变得越来越清晰。

"广秀！"丁友刚大喊一声。

其实他们离得很近，没必要这么大声，只是丁友刚比较激动，所以发出的声音就特别响亮。

郝广秀并没有如他那样兴奋，相反，她还想躲避丁友刚的样子，只因为距离太近，实在无处藏身。

"你怎么到这里？"郝广秀问。问的口气仍然不是很热情。

"我哪知道，"丁友刚说，"一觉醒来，就到这里了。大概是天意吧。"

"真是天意。"郝广秀嘴里咕噜了一句。说着，还避开丁友刚的目光，眼睛垂视自己的脚面。

郝广秀的态度让丁友刚十分费解。他感觉气氛不对。难道她想起泉眼旁边小水池那一幕而尴尬？不至于吧？当年她都有说有笑，还暗示丁友刚不要有包袱，怎么几十年之后，都老成这样子了，还为当年的事不好意思呢？

丁友刚决定调节气氛，故意用轻松愉快的口气说："正好。我迷路了，等一下你上我的车，带我回大别山。"

郝广秀吓得往后一退，双手直摆，眼里流露出恐惧。

"你怎么了？广秀，出了什么事？"丁友刚忽然意识到，是不是她承受不住同时失去孙子和外孙的打击，脑子出了问题。

丁友刚决定先稳定郝广秀的情绪。他称自己饿了，希望郝广秀帮他找个地方吃点东西。

这个要求似不好拒绝。郝广秀犹豫了一下，把丁友刚带到一家小饭店。

坐下来之后，郝广秀的情绪果然稳定下来。先叹了一口气，然后自言自语地说："不是我多嘴，实在是天意，我就对你说了吧。"

丁友刚注视郝广秀的眼睛，认真地点点头，鼓励她说。

"你千万不要回村里。"郝广秀说。

丁友刚仍然注视着郝广秀，没出声，心里想：为什么？

"村支书是不是给你打电话，说校车翻了？"郝广秀问。

丁友刚点头。

"他骗你的。"郝广秀说。

丁友刚还是没出声，瞪着大眼看着郝广秀，心里想：骗我？骗我什么？

"他故意叫人把车推下坡，等你来看。"郝广秀说。

丁友刚更加不理解了，眼睛瞪得更大，问：为什么？

"为了钱。"郝广秀说。

"为了钱？"丁友刚不解。

郝广秀点点头，说是的。上次"三脚猫"翻车是真的，这次"大黄蜂"翻车是假的，是村支书叫人故意把"大黄蜂"掀翻，造成出车祸的假象，

196

目的就是让你出钱。

郝广秀还说她是被有些人赶出来的，怕她对丁友刚讲实话。

"天意吧，"郝广秀说，"没想到他们把我赶回娘家来，你却在娘家门口出现。这就是天意。"

丁友刚立刻想起他托支书转交广秀的十万元钱，问她收到没有。

"十万？"郝广秀问。

丁友刚回答是十万。问她到底收到没有。

郝广秀吞吐了半天，说收到八万。说完，马上补充说没关系，还说应该的，这是规矩，村里提留，相当于你们城市纳税。

丁友刚听了半天说不出话，忽然感到胸口一阵绞痛。他之前没这个毛病啊。

# 47

女妖：烦死啦。

丁友刚：什么事情惹大作家生气了？

女妖：别讽刺。心里烦着呢。

丁友刚见她心情不好，不再继续开玩笑，转而关切地问：写作不顺利？

女妖：狗屁"写作"，是"码字"。

丁友刚：给个链接，我来拜读拜读？

"女妖"贴个链接上来，丁友刚却打不开。要收费的。丁友刚不知道怎样付费，还要先注册，挺麻烦的，他做不来，不得不小心地向"女妖"请教。

"女妖"愣了一下，说：算了，不用看了，陪我聊聊吧。烦死啦。

丁友刚：还是看一段再聊比较好。

"女妖"不作声，看来气得不轻。

丁友刚：这样，你把今天写的复制给我，直接复制到QQ对话栏里。

"女妖"没说话，不大一会儿，一大段粘贴上来了。

丁友刚：我抓紧时间看。10分钟，最多10分钟。你先抽根烟。

女妖：你怎么知道我抽烟？

丁友刚：不知道，瞎说的。或者你喝杯咖啡也行。10分钟。

丁友刚看得很快。他和大多数50多岁的人不一样，丁友刚感觉看电脑上的文字比看纸上的快。10分钟，或许只有七八分钟，丁友刚就看完了。他对女妖说：不错啊，一上午写这么多？

丁友刚不是奉承"女妖"，也不是安慰她，他确实认为女妖写得不错，而且速度很快。

女妖：对，是"不错"，是蛮快。但仅仅"不错"还不行的，必须好，必须"很好"才行。

丁友刚：编辑批评你了？给你压力了？

女妖：还用得着他批评我？他有什么资格批评我？他自己上来试试？

丁友刚：那你怎么生气？

女妖：是我自己过不了这一关。

丁友刚：我说"不错"，就是"很好"的意思。我觉得你写得已经很好了。

女妖：你说"很好"没用，我自己心里有数。

丁友刚：我真的觉得蛮好啊。故事精彩，有悬念，一环套一环，至少能让人一口气读下去，蛮吸引人的呀，起码比电视上天天播的抗日神剧好。

女妖：是能让你读下去，但没能让你笑出来。是那种发自内心的会心一笑，或捧腹大笑。

丁友刚没说话，他心里在想，想着"女妖"说得对，自己刚才确实没有"发自内心地会心一笑"，也没有"捧腹大笑"。为什么呢？

女妖：文字不活跃，字符没弹性，语句不欢快，只顾顺着逻辑写，没有反着逻辑走，反转少，没有出乎意料又在情理之中的惊喜。

丁友刚仍然没有说话，心里想，还这么复杂？

女妖：整篇文字呆板，循规蹈矩，不出位，不出彩。

听她这么一说，丁友刚觉得好像是有一点。

女妖：在吗？

丁友刚：在。

女妖：怎么没回复？

丁友刚：在听。听你说。

女妖：我说得对吗？

丁友刚：听上去好像是有点道理。

女妖：哪里有道理？

丁友刚：以前看小说，只注意看故事，现在听你一说，才知道除了故事之外，还有这么多讲究。

女妖：当然，关键在文字，只有外行才只看故事。

丁友刚：是，我是外行，只懂看热闹。

丁友刚嘴上这么说，心里却有点不服气，想，你们内行写出的东西，不就是给我们外行看的吗？要不然，你们不等于是自娱自乐？

女妖：说到底，小说是关于语言的艺术。

丁友刚不是很理解，但仍然给出一个大拇指。

女妖：不仅要让你能看下去，而且要让你轻松愉快地看下去，让你享受阅读的过程，并有所领悟。这就很难。

丁友刚：好像是。

女妖：不是"好像"，是"必须"。

丁友刚：对，是必须。这么讲，当个好作家还不容易呢。

女妖：写手。是"写手"。

丁友刚：是、是、是，写手。当个好写手不容易啊。

女妖：当然。你以为这碗饭那么容易吃啊。

丁友刚：不容易，不容易。不过，我觉得你已经是很好的写手了呀。

女妖：不稳定，有时候好，有时候不好。

丁友刚：受情绪影响？

女妖：不全是。很复杂。

丁友刚：简单点说。

女妖：每天都写，每天都要保持饱满的热情，维持活跃的思维，每天都要把弦绷得紧紧的，不能有一天松懈。谁能受得了？

丁友刚：是，谁也受不了。你不能歇两天吗？写写歇歇。思维活跃的时候就多写，情绪不好的时候就少写，或者干脆就不写。

女妖：哈哈哈哈……你说得倒轻松，读者不等你呀。你只要停一天，就会丢失一批读者，之后呈几何级数递减，要不了几天，就 out 了。

丁友刚：有这么严重？

"女妖"：当然。把读者吸引过来很难，把他们撵走太容易了。

丁友刚：那怎么办？

"女妖"给出一个哇哇大哭的表情。

丁友刚本来是要笑的，却笑不出来。他忽然觉得有些心疼，心疼"女妖"。

## 48

吃饭的地方是个小饭店，尽管丁友刚使劲想点一些贵的，但买单的时候还不到 50 块钱。比如一款毛豆烧鲫鱼，才 18 元，算是最贵的了。买单的时候，郝广秀执意要付账，说这里是她娘家，丁友刚来了是客人。丁友刚见钱这么少，就依了她。他觉得，有时候给对方"做人"的机会，也是一种"做人"。

果然，郝广秀在付完账之后，脸色好起来。起码，不像之前那样拘谨和紧张了。

丁友刚提议送郝广秀回去。郝广秀说算了，费劲对人家解释。

郝广秀把丁友刚送到雷克萨斯的旁边，并没有立刻催他上车的意思，仿佛有什么话要说，但又不确定要不要说，怎么说。

丁友刚掏出手机，说："我给支书打个电话。"

郝广秀问："你打算怎么说？"

关于这个话题，他们刚才在吃饭的时候已经讨论过，现在郝广秀再问，说明她不是很放心。丁友刚当着郝广秀的面打这个电话，就是让她把心放在肚子里。

刚才他们在吃饭的时候，丁友刚已经告诉郝广秀，自己并不是"书记"。

这个话题很长，丁友刚准备做详细解释，郝广秀却没有给他这个机会。郝广秀听他这么一说，紧张地看一眼四周，然后压低声音说："你千万不要这么说。他们以为你是'书记'，怕你，不敢过分，要知道你不是'书记'，还不知道怎样诳你呢。"丁友刚听从郝广秀的建议，现在给村支书打电话，他仍然用"丁书记"的口气，却闭口不谈克扣两万元"纳税"的事情。不是他怕支书，而是怕支书为难广秀。

丁友刚告诉村支书，上面派下来的督导组约他谈话，这次他不能回大别山了，翻车的事情，你们自己处理吧。

村支书忙不迭地说："您不用回来了，不用回来了，我们已经处理完了。"

"多少钱？"丁友刚直奔主题，"这次你们花了多少钱？我看能不能帮你们解决一些。"

大约是太直接了，村支书一时反应不过来，或者是"督导组"三个字太有威力了，让支书不敢撒谎，村支书语塞了一下，说："这个呀，这个我还要问一下会计。这样吧，我让会计打电话向您汇报。"

会计丁友刚也见过，上次处理"三脚猫"的时候，会计曾经暗示丁友刚不要直接把钱给到一家一户的手上，而是统一给到村里，由村里"再分配"，还说他们可以做做村民工作，让他们少要一点，丁友刚也可以少负担一点。当时丁友刚一心想散财，没有接受会计的建议。

只隔了一小会儿，不到 5 分钟吧，会计的电话就打过来。给丁友刚的感觉是会计其实就在支书的身边。

会计显然是心虚，说话气短，说村里没花多少钱，主要是车子好，虽然翻了，但并没有压扁，所以，虽然有受伤的，但没死人，所以，花不了多少钱。

"多少？"丁友刚问。

"大概……大概……大概不到 30 万吧。"

"我争取给你们解决 20 万，"丁友刚说，"剩下的你们自己解决吧。"

"这……这……太谢谢丁书记了！谢谢丁书记！"

丁友刚没说话，把手机挂了。

郝广秀在旁边问："你还给他们啊？"

丁友刚回答："最后一次吧。他们也不容易。"

# 49

"张张华"又上来了。这次她倒没有再次向丁友刚推荐她母亲，而是追问丁友刚另外两个人是谁。

丁友刚一下子没反应过来，反问：什么"另外两个人"？

张张华：装。上次说到这个话题，你就借口溜了。

丁友刚赶紧查看对话记录，才想起来。

丁友刚：噢，想起来了，上次说除了你之外，还有另外两个人与我多次对话。

张张华：对。她们是谁？

丁友刚：其中一个是作家，自称网上写手。比你大一点，大概30岁出头吧。关键是她不嫌弃我年纪大，所以没打算把她妈妈推荐给我，而是毛遂自荐，自告奋勇打算把她自己"租"给我。

张张华：哈哈哈……

丁友刚：好笑吗？

张张华：你们没见过？

丁友刚：废话。如果见了，我就把"启事"撤了。

张张华：这又何必呢？

丁友刚：见了，就表明我们在 QQ 上了解充分了，基本确定了。否则不会见面的。

张张华：什么叫"QQ 上了解充分"？

丁友刚：就是该聊的都聊了，该谈的也都谈了，双方感觉很好，再实际通话和视频，仍然感觉不错，才可能见面的。

张张华：你和她到了哪一步？

丁友刚：好像到了该见面了吧。

张张华：另一个呢？

丁友刚：另一个是打工妹，真正的打工妹，生产线上的那种。

张张华：大学毕业吗？

丁友刚：不是。

张张华：我想也不是。大学毕业，哪里会在生产线上。

丁友刚：是。

张张华：那不符合你的要求啊。

丁友刚：是。她也没打算"租友"。

张张华：那是什么？直接嫁给你？

丁友刚：直接做我"免费女友"。

"张张华"给出一个哈哈大笑的表情，然后说：那不正合你意？

丁友刚：没有。我不会乱来的。

张张华：正人君子？

丁友刚：不是。

张张华：那是什么？

丁友刚：我不年轻了，没时间乱来了。

张张华：还知道自己不年轻了？

丁友刚：当然知道。

张张华：所以我劝你老老实实找一个"老伴"。

丁友刚：我知道你是好意。但我的情况比较特殊。

张张华：怎么特殊？

丁友刚：我想再生一个孩子。

张张华：这把年纪了还想再要一个孩子。

丁友刚：是。

张张华：你之前没有孩子吗？

丁友刚：有。但是判给前妻了。

张张华：那也还是你的孩子。

丁友刚：是。我之前也是这么想的。

张张华：现在呢？不是了吗？

丁友刚：现在我发现不是这么简单。

张张华：怎么不简单？

丁友刚：不知道，说不清楚。

张张华：说说看，尝试着说说看。

丁友刚：生养生养，除了"生"之外，还必须"养"。儿子是我亲生的，但并不是我亲养的，所以感情很淡。

张张华：大了就好了吧？

丁友刚：还要怎么大？都快大学毕业了。

张张华：这样啊。

丁友刚：所以，如果可能，我打算再要一个。

"张张华"没说话。

丁友刚接着说：所以我打算找一个 35 岁左右的，能生孩子的那种。

## 50

丁友刚不是安慰郝广秀，对村里的做法，他一听确实很生气，但冷静一想，就释然了，甚至表现出一定程度的理解。丁友刚能想象得出山区的艰苦和村里财政的困难。村里的钱从哪里来？如今取消农业税，没有"提留"了，村里唯一的经济来源就是"揩油"。上次丁友刚突然一竿子扎到村里，正好碰上"三脚猫"出事孩子出殡的事情，他没跟村里商量就当场宣布给每个出事的家庭 10 万元补偿，让村里无油可揩，其实是坏了规矩。这次村里故意把"大黄蜂"掀翻，逼着丁友刚出钱，是给他纠正错误的机会。

虽然不生气，但丁友刚"散钱"的积极性还是受到严重挫伤。他不怪别人，只反省自己。想到自己并不是真正的大款，却整天变着法子想怎么"散钱"，其实也是一种"烧包"。估计村支书和会计他们早就看他不顺眼了，郝广秀不是说了吗，村支书背后骂他"不通皮（不懂事，不通人情）"，只是看他是"大书记"，才没有当面说破罢了。

算了，丁友刚想，自己心意已经尽了，还是消停消停吧。

虽然算不上真正的"大款"，但丁友刚确实有花不完的钱。不能散财，怎么办？只能将来留给儿子。可丁友刚只有半个儿子，要那么多钱干什么？剥夺儿子努力工作的权利吗？让儿子成为纨绔子弟或"富二代"吗？如果那样，不是害了儿子吗？丁友刚已经觉得对不起儿子了，干吗还要再害儿子呢？

但儿子确实是"富二代"啊，这是事实，干吗要不承认呢？

"富二代"也不一定都是"纨绔子弟"，欧洲的贵族，是一代一代继承下来的，难道他们都是"纨绔子弟"？

丁友刚决定不完全听前妻的。与其将来一下子给儿子一大笔钱，不如现在一小笔一小笔给儿子钱。当"富二代"也得有一个适应过程。

丁友刚给儿子打电话。

没接。

丁友刚想着儿子可能在上课，不方便。责怪自己挑选的时间不对，考虑问题不周。

中午再打，儿子不可能中午也上课或在做实验吧。

仍然没接。

丁友刚担心儿子是不是出事了。可又想，如果出事，儿子的手机就不会畅通，如果没出事，儿子怎么会不接电话呢？即使儿子当时确实没听见，事后看见来电显示也应该回拨过来啊。

丁友刚改变策略，发短信。

"儿子，你怎么不接电话？"

不行，太生硬，口气像质问。删除，重新写。

丁友刚闭上眼睛想了想，想着发什么样的短信才能让儿子不反感，并且很乐意给他回复。想到最后，重新输入："儿子，把银行账号告诉我。老爸。"

短信发出去之后，丁友刚又后悔，觉得自己是以小人之心度君子之腹。把儿子想成什么了？但是，已经发出去的信息好比泼出去的水，是收不回来的，怎么办？想再发一条短信向儿子道歉，又不知道该怎么说，更担心这样太刻意了太做作了，太不像父子关系了。正当丁友刚纠结与焦虑之时，手机"滴"的一声。一看，正是儿子回复的："622202430105……"

真是数字时代啊，除了数字，一个汉字没有。

丁友刚不敢怠慢，更不敢矫情，他立刻上网，打开"工商银行助手"，一边操作，一边嫌过程设计得太复杂，担心儿子等待太长时间而不耐烦。好在丁友刚最近经常使用网上银行，包括给村里的每笔钱都是通过网上银行转账的，所以比较熟悉，而且所用的密码和U盾钥匙是儿子的手机号码和出生年月日的排列组合，自然烂熟于心，操作顺畅。

之前丁友刚每次只给儿子汇2000，这次特意汇了5000，不是他宠儿子，更不是故意违背前妻的旨意，实在是想到"富二代"也需要慢慢培养，在丁友刚这里，就体现在给儿子的汇款额度逐渐加大。

5000元汇过去之后，丁友刚等待儿子的电话。等了很长时间，每次忍不住想打回去，丁友刚都努力克制住，提醒自己等等，再等等。最后，他终于想起来，儿子一次电话也没有主动给他打过，每次都是丁友刚主动打过去，儿子不接，再打，仍然不接，继续打，或过段时间打，儿子偶尔会接。所以，丁友刚要想等儿子主动把电话打回来，太低估儿子的定力了，还是自己主动打回去吧。

这次儿子倒是爽快地接了。

丁友刚一阵兴奋，"儿子，钱收到了吗？"

"嗯。"儿子应道。

丁友刚趁热打铁，嘱咐儿子不要太节省，钱用完了就告诉他。

儿子"哦"了一下。

丁友刚说老爸这些年在深圳多少挣了一些钱，供你出国留学没问题。

儿子："好。"

丁友刚说男人不能小气，和同学们在一起，该花钱的时候一定要主动，没钱了老爸随时给你。

儿子："好的。"

丁友刚："关于我给你钱的事情，暂时不要对你妈说。"

儿子："知道啦。"

丁友刚见好就收，不敢再说什么了。

从此，丁友刚找到让儿子接电话的有效方法，就是先把钱打过去，然后再把电话打过去，儿子每次都接，再也没有"上课、做实验、没听见"了。丁友刚也知道这样多少有些可悲，好像是在用钱收买自己的儿子，但他顾不得那么多了，只要能与儿子说话，怎么都行。

随着丁友刚给儿子的汇款越来越多，他们的对话也越来越长。从一个字，到两个字，三个字。从一句话，到两句话，三句话。终于，当丁友刚一次给儿子的汇款达 10 万元之后，他们进行了长时间的通话。

丁友刚问儿子谈女朋友没有，儿子说算谈了吧。丁友刚问儿子毕业之后有什么打算，儿子说到时候再说吧。丁友刚说必须早打算啊，如果你打算留在北京，最好趁早买房子。儿子说没想过买房子，太早了吧？丁友刚说要早打算，北京的房子一天一个价。儿子说还不一定打算留北京呢。丁友刚问儿子之前给他的那些钱都做什么用了，儿子说没用，都存着呢。丁友刚说可以学着做理财啊。儿子没回答，估计这个问题他更没想过。丁友刚说万一理财失败也没关系，可以积累经验，丰富人生，还说失败也是一种财富，钱赔了，老爸可以再给。儿子说好吧，有机会我试试。

# 51

丁友刚：你干脆休息一段时间吧。

女妖：不写了？违约？

丁友刚：期间的损失我来补偿你。

女妖：补多少？

丁友刚：损失多少补多少。

女妖：那可算不准。我休息一天，走掉一半读者，休息三天，差不多走完了，你补我一辈子的损失？

丁友刚不知道该怎么回答，干脆给出一大串盛开的玫瑰。

女妖：你打算租我？

丁友刚：不说"租"，我们已经是朋友了。不是吗？

女妖：租就是租，说好的事情，还是相互遵守比较好。

丁友刚：行，就按你说的。租。

女妖：不是我说的，是你自己说的。你不是在"租友"吗？

丁友刚：是。我是在"租友"，我"租"你，好了吧？

"女妖"给出一个顽皮、开心的大笑脸。

丁友刚却笑不出来。

丁友刚忽然理解为什么对"良家妇女"念念不忘了。

温柔，关键是"温柔"，女人的温柔。

从小到大，丁友刚一直听人说女人的"温柔"。但到底什么样的女人才算"温柔"，丁友刚却始终不得要领。他曾经以为女人的温柔就是对男人的顺从，即所谓"百依百顺"，又一度以为女人的温柔就是在床上让男人愉悦，但是今天，丁友刚对女人的"温柔"有新认识。就是说话不要咄咄逼人，不要故意跟男人对着干，不要刻意显示自己的聪明和"独立"。刚才他与"女妖"的这段对话，如果换成"良家妇女"，一定不会以这样的口气回答。在丁友刚的想象中，如果换成"良家妇女"，她一定表现出诚惶诚恐、受宠若惊的样子，比如说出"我来了不会打扰你吧"或"给你添麻烦了"或"谢谢"之类的话。但"良家妇女"已经失踪，仿佛根本没有存在过，再惦记她也没有实际意义。时间不等人。丁友刚要完成"老来得子"或"老来得女"的计划，必须抓紧时间。但眼下的情况不容乐观。"租友"行动进行一个多月了，丁友刚的"租友启事"从"热帖"逐渐变成了"冷帖"，前前后后上来凑热闹的不下百人，但最终可供丁友刚挑选的人，其实只有两个人。一个是"张张华"的妈，另一个就是"女妖"本人。这等于是说，除非放弃，让丁友刚精心策划的行动以彻底失败而告终，否则，就只能选择"女妖"。丁友刚总不能真的选择"张张华"的妈吧？在这种情况下，再拿"女妖"和虚无缥缈的"良家妇女"比较没有任何意义。

丁友刚对"女妖"不满意的地方有两处。一处是"女妖"不像"良家妇女"那样说话温柔，另一处是"张张华"说的"绿帽子"。但为了证明自己行动并非毫无斩获，他还是决定去看看"女妖"，哪怕看了之后立刻"见光死"。

就算善始善终吧。丁友刚想。

反正是"租友"，丁友刚又想，也不是真正的女朋友，更不是老婆，不存在"绿帽子"的问题。至于"温柔"，怎么说呢，甘蔗没有两头甜，"温柔"的女人往往缺少个性，不能斗嘴，调动不起激情，也没劲。这么想着，丁友刚就好像自己给自己打了气，坚定了去见"女妖"的决心。

丁友刚再次打开"良家妇女"的空间，就当作是最后的告别吧。

"良家妇女"的空间依然空空荡荡，除了丁友刚给她的一大堆留言之外，没有任何东西。丁友刚看到自己给"良家妇女"留下那么多的招呼和问候，甚至包括自己的手机号码，愣了一会神，觉得应该删除，可惜这里是别人的空间，他删除不掉。那就留着吧，算留个念想，万一真和"女妖"见光死，说不定"良家妇女"又正好出现了呢？

至于"张张华"，丁友刚也觉得应该讲清楚，理由同样是"善始善终"。

讲清楚并不难，只要实话实说就行。丁友刚不打算说谎，所以非常容易地就讲清楚了。

丁友刚告诉"张张华"，自己"租友"的真正目的是想有个孩子，而不是想找个"老伴"，所以，她妈妈像《路得记》当中的拿俄米，不可能再生育了，所以不可能考虑，对不起，谢谢。

今天丁友刚要赶飞机，起了一个大早。他一大早给"张张华"留下这段话，是担心被她缠上，哪知"张张华"居然一大早就上网了，或者她是"夜猫子"，昨晚根本没睡觉，总之，这一天她恰巧比平常"女妖"的上网时间都早，非常意外地把丁友刚逮住了。

张张华：打算撤下"启事"？

丁友刚心里一惊，因为"张张华"说准了，他无法抵赖，只能老老实实回答：是。

张张华：打算去见她了？

丁友刚：是。

张张华：她在哪个城市？

丁友刚：湖北。

张张华：哪个城市？

丁友刚不想说。

张张华：武汉？

丁友刚：不是。

张张华：宜昌？

丁友刚：以后告诉你吧。

张张华：为什么要以后？现在不可以吗？

丁友刚：万一我与她"见光死"呢，不是没必要告诉你吗？

张张华：如果没有"见光死"，你就打算告诉我？

丁友刚：如果你和我还保持联系，如果我和她相处得很好，当然可以。

张张华：只要你愿意，我肯定会和你保持联系。

丁友刚：我有什么不愿意的，认识就是缘分。这次"租友"，我真正"认识"的就两个人，除了她，就是你了，我很珍惜，已经把你们当朋友了。

张张华：此话当真？

丁友刚：我没必要说谎。

张张华：你说你把我当朋友了？

丁友刚：是，一般的朋友，不是特指。

张张华：当然是一般的朋友，"特指"我还不愿意呢。

丁友刚给出个尴尬的表情。

张张华：我也实话告诉你吧。其实我刚从那边回来，但不是在深圳，我在顺德。我打算再去。这次去深圳，又放心不下老妈，所以才想到把我妈介绍给你。

丁友刚：我说呢。

"张张华"给出一个不好意思的表情。

丁友刚：不好意思，我要赶飞机，下了。来深圳你可以找我，我一定把你当朋友。

张张华：留个电话。

丁友刚在犹豫。

张张华：我的手机是×××。

既然如此，丁友刚就只好留下自己的手机号码，匆匆下了。

## 52

丁友刚的愿望很简单——希望儿子能主动给他打个电话。比如在他过生日的那天，比如大年三十的晚上，比如在一个平常平静的下午……丁友刚真孤独啊，真希望能接到儿子的一个电话，哪怕只是一声例行公事般的问候也好。可是，没有，一个电话都没有。

丁友刚不怪儿子，他怪自己。儿子之所以有今天这个样子，全是丁友刚自己造成的。早知如此，打死他也不下海，更不会和菁菁离婚。说到底，当初丁友刚太年轻，做这些决定的时候只是从他自己的角度考虑的，根本没考虑这些决定对儿子会产生什么影响，所以，千错万错，都是丁友刚自己的错。

丁友刚决定亡羊补牢，希望有所改变。但不可能改变过去已经发生的错误，他只能改变当下。

丁友刚认真回顾了自己和儿子最近的几次交流过程，基本上是他一味地迁就、退却和忍让，对儿子无限宽容，倘若这样有效，比如他在过生日的那天或大年三十的晚上儿子能主动给他打个电话，丁友刚也认了，问题是，连儿子收到他 10 万元汇款后都没有主动给他打个电话说声"收到了"。丁友刚现在不是担心儿子对他怎么样，而是担心儿子用同样的方法为人处世怎么办。这么一想，丁友刚就十分害怕，就更加自责，不仅自责自己的过去，更自责自己当下的所作所为。自己现在这样无限宽容，本意是对儿子做补偿，效果可能适得其反，培养儿子的坏脾气，给儿子造成新的、更严重的隐形伤害。

丁友刚知错就改，并且矫枉过正。他决定突然暂停给儿子汇钱，也不给儿子打电话，看儿子会怎么样。

他估计等到月底，也就是他通常给儿子汇款的日子，不给儿子汇款，儿子肯定会不习惯，会想为什么呢？出了什么事情了吗？这时候，儿子无论是出于对自己已经习惯的收入关注，还是对老爸健康的关心，甚至他不关注也不关心，仅仅是好奇，都有可能要试探性地给丁友刚打个电话，至少发一条短信，问一问情况。

丁友刚已经想好了，这次他下定决心，一定要反其道而行之，要能稳得住，即使收到儿子的短信，也坚决不回复，他一定要逼着儿子主动给他打电话。

这是漫长而短暂的一个月，也是纠结、焦虑却又不失希望的一个月。

丁友刚既盼望着月底快快到来，尽快地揭晓谜底，又害怕这个月过得太快，担心月底揭晓的谜底不是自己期待的答案。如果那样，自己该怎么办？是继续绷着还是赶紧收手？

丁友刚这个月全心全意沉浸在这件事中，其他任何事都不做。他设想了各种可能，揣摩着儿子在没有收到汇款之后的种种想法。想象着到了月底，儿子没收到他的钱，会怎么想？又会怎么做？丁友刚感觉儿子不会轻易打电话来，要那么轻易打电话，不是早就打了？

儿子为什么不打电话来呢？丁友刚百思不得其解。他是完全不在乎钱吗？还是对我一点都不关心呢？儿子恨我吗？天大的仇恨，经过这么长时间的消磨，也该淡化了吧？有什么仇恨不能化解呢？倘若在时间和金钱的双重作用下，仍然不能淡化，是不是表明儿子的性格被严重扭曲了呢？这么一想，丁友刚又惊出一身汗，更加自责，也更加担心，同时，更坚定自己要把儿子"扭"过来的决心与勇气。

月底终于到了。丁友刚从头一天晚上就开始忐忑，一直忐忑到第二天晚上，都在想着儿子。他想着儿子是不是在等待着他的汇款。想着儿子虽然没有对任何人说，却时不时看一眼手机，看有没有银行短信提醒，看此时是下午几点。想着儿子并不缺钱，但每个月底收到丁友刚的汇款已经成了习惯，这次突然没收到肯定不适应，肯定有疑问。这么想着，丁友刚就有些心疼儿子，就觉得自己不该这么折磨儿子，就想还是像往常一样把钱打过去算了，不要玩什么花样了。

不行。

丁友刚警告自己。一味地纵容儿子，就是继续害儿子。既然主意已定，就不能朝令夕改，必须坚持。要想"扭转"儿子，丁友刚必须首先"扭转"自己。

丁友刚终于坚守了一天。

第二天继续。

第三天最难熬，丁友刚几乎就要放弃，他已经在网上银行输入由儿子的生日和手机号码排列组合的密码，但是最后，还是毅然决然地关闭电脑。

第四天……

第五天……

坚持了一个多月，丁友刚仍然没有收到儿子的任何电话和短信。他甚至能够想象出儿子对他的那种担心。儿子是不是出事了？

因为要"坚持"，所以丁友刚不能主动给儿子打电话。通过其他途径打探，获悉儿子好好的，没有出任何意外。放心了。

不，不是放心，是更加担心了。

既然儿子好好的，为什么不给他打电话甚至连个短信都没发一个呢？即便儿子完全不在乎他，也完全不在乎钱吗？难道儿子是"圣人"？既然是"圣人"，我留那么多钱干什么？难道要逼儿子"还俗"？或者我自己再次想办法去"散财"？

不管怎么想，他必须坚持。

事情就这么熬住了。

丁友刚还在坚持等儿子的电话或短信。

不知不觉中，丁友刚已经做了让步，让步到假设儿子主动给他发条短信，他也立刻把电话打过去，问儿子的银行账号变了没有，然后直接把钱打过去。

不，他决定只要收到儿子的短信，就首先按照旧账号立刻把钱打过去，然后再把电话打过去，哪怕儿子的银行账号变更了，钱打到别人的账号上，丁友刚也在所不惜。

但是，没有，儿子连个短信都没有。

丁友刚试图为自己宽心。告诫自己放平心态，慢慢接受现实。他终于明白，儿子心里完全没有他。儿子还很年轻，比他当年与菁菁离婚的时候更加年轻，根本不知道生活的艰辛，因此也就根本不在乎他的金钱，所以，对丁友刚的不汇款、不主动打电话表现出麻木不仁。或者不是麻木不仁，而是儿子对金钱的需求不那么强烈，不足以抵消对丁友刚的仇恨。不管属于哪一种情况，结果是一样的，丁友刚这辈子不指望儿子与他亲近了。

丁友刚不怨儿子。千错万错，儿子没有错，要错都是大人的错，都是丁友刚自己的错。生活中，常常有父母抱怨甚至指责子女不孝顺，在丁友刚看来，世界上不孝顺的子女确实有，但他们不孝顺的责任却在父母。

问题是，儿子已经是"大人"了呀。

但是，无论怎样自我说服与麻痹，有一点是肯定的，丁友刚渴望亲情，渴望他与儿子之间那种血浓于水的、别人无法取代的血脉亲情。

他太孤独了，太需要亲情了。

丁友刚什么都想到了。甚至幻想着与郝广秀之间产生亲情。设想着郝广秀还年轻，那么，他宁可背负"不道德"的骂名，给王保国一大笔钱，换得郝广秀的人生自由，然后他和郝广秀一起生活，再生一个孩子。无论男孩还是女孩，只要是自己的血脉就行。可是，郝广秀比他都老，丁友刚连"幻想"和"假设"的心情都没有。

为什么一定是郝广秀呢？不可以是张广秀、王广秀、李广秀、陈广秀、赵广秀吗？郝广秀确实老了，老到连"幻想"的宽度都变窄了，但天下这么大，"广秀"那么多，凭着自己的财力，不可以再找一个年龄合适、能生儿育女的"广秀"吗？

冷静，丁友刚警告自己。冲动是魔鬼。

丁友刚强迫自己冷静几日，花几天时间，把各种可能发生的坏结果统统考虑了一遍，最后得出的结论是，无论什么糟糕的结果，他都能承受，唯独守着一大笔钱，过一辈子孤苦伶仃的日子不能承受。于是，丁友刚豁然想通了，决定不在一棵树上吊死。他不再与儿子较劲，恢复给儿子的汇款，维持"正常关系"，同时，丁友刚决定再婚。或者不再婚，花钱找个女人为他生个孩子也行。丁友刚几经思考，反复比较，他认为用"租友"的方式最简单、最安全、最可行。于是，丁友刚专门注册了一个QQ号，草拟了"租友启事"，几经修改，鼓足勇气贴在网上。

# 53

丁友刚感觉"租友"的事情也就这样了。虽然对"良家妇女"的感觉最好，但也只是停留在"感觉"的阶段，真实的情况到底怎样谁也说不清楚，说不定真如"女妖"说的，对方发的是假照片，并非"良家妇女"本人。剩下的，也只有"女妖"了。

"女妖"算是最能聊得来的了，但也仅仅是"聊得来"，而且是在QQ上聊得来，现实生活中是不是仍然聊得来还说不定。但不管怎样，折腾了这么长时间的"租友"行动，总不能一个网友都不见面就结束吧。哪怕"见光死"，也总得见一个吧，要是一个都不见，那自己就真成骗子了。

丁友刚不承认自己是骗子，他也确实不是骗子，为了证明自己真不是骗子，丁友刚决定尽快安排与"女妖"见面。

女妖说：我看见你那"租友启事"还挂在那里哦。

丁友刚：是，还没撤。

"女妖"没有问他为什么不撤，丁友刚自己解释说：善始善终。

女妖：什么叫"善始善终"？

丁友刚：一旦我们见面了，你对我基本认可，我就在"租友启事"

后面跟帖，宣布"租友"成功，"租友行动"宣告结束。

丁友刚其实没说真话，不撤"启事"的真正原因是他等着"小小打工妹"上来骂他。

丁友刚没打算重温旧梦，他跟"小小打工妹"也根本没有"旧梦"，留下的只是一份亏欠。

不，不是"一份"亏欠，而是"两份"，一份是亏欠"小小打工妹"的大女儿，一份是她的小女儿。心里装着两份亏欠，哪能说撤就撤呢。所以，他虽然已经决定与"女妖"见面了，网上那份"租友启事"却没有撤下。或许就一直那么挂着，永远那么挂着。到时候，如果"女妖"再问，不是含蓄地问，而是直截了当地问，丁友刚该怎样作答呢？

　　"女妖"在湖北宜昌，丁友刚约她到武汉见面。

　　"女妖"曾经提出她自己来深圳，不用丁友刚专程来"接"了，丁友刚则坚持在武汉见面，还说不到宜昌见她是为了"女妖"好，即便"见光死"，也不至于对她造成任何负面影响。

　　女妖：不让我直接去深圳，是怕我对你造成"负面影响"吧？

　　丁友刚：我能有什么负面影响。深圳这么大，谁认识我？

　　女妖：是，我是小地方人。

　　丁友刚：我是老男人，皮厚，你是小姑娘，要注意影响。

　　女妖：你才"小姑娘"呢！

　　丁友刚真的不怕什么"负面影响"，只是担心如果让"女妖"自己来深圳，就必须把她直接带回家，总不能有家不进带她去宾馆吧？说不过去啊。可万一是那种"见光死"，怎么弄？在宾馆分手，比在家里分手简单，在武汉分手，也比在深圳简单。

　　航空公司和酒店实行服务"一条龙"。丁友刚坐的是头等舱，在飞机上订好了酒店，落地后，酒店的车直接把他拉到香格里拉，安顿好，丁友刚给"女妖"打电话，告诉她自己已经到武汉了，住在汉口香港路的香格里拉大酒店，某某号房间，并问她到了没有，要不要去接她。

"女妖"说不用，我也到武汉了，马上去酒店找你。

不大一会儿，丁友刚就接到"女妖"的电话，说她已经到了，在二楼餐厅占了位置，让他下来。

没有"见光死"。"女妖"和视频里基本一致，并且真人肤色更光亮一些，大约是特意化了妆的缘故。丁友刚当场就有些冲动，后悔自己太谨慎了，早知如此，直接在网上帮"女妖"订机票，让她飞深圳多好。

"女妖"表面上大大方方，一副经风雨见世面、满不在乎的样子，目光却很少与丁友刚对视，暗藏腼腆。

丁友刚担心"女妖"没看上自己。暗想，即便如此，自己什么也得不到，也一定要赔偿"女妖"休息3个月的经济损失。

他们并没有说多少话，该说的在QQ上已经说过了，再当面说一遍似乎没必要，好比把别人刚刚听过的笑话再讲一遍那样。

因为无话可说，所以那顿晚餐他们并没有消耗太长的时间。丁友刚不断用灼热的目光盯着"女妖"，希望能把她点燃。"女妖"则偶尔给他一个礼貌的微笑，大多数时间盯着菜品或看菜单，仿佛今天她是专门来品菜的。

丁友刚小心地请"女妖"去房间，说为她带来一件小礼物，希望她喜欢。

"女妖"诡秘地一笑，算是默许。

丁友刚对服务员招手，示意买单。

"女妖"说我来吧。说着，就开始掏钱包。

丁友刚说不用，我可以签单，算在房费里。

一进房间，丁友刚立刻从旅行箱里取出"小礼物"。

是一款坤表，式样很精美。

女妖：哇！给我的？很贵吧？

丁友刚：不是很贵，但也不是太便宜。

女妖：名表吗？

丁友刚：算不上名表，但确实是瑞士产的。

女妖：在瑞士买的？

丁友刚：是，在铁力士雪山上买的。

女妖：怎么想起来买块女表？特意为我买的？

丁友刚：那时候还不认识你呢。也是缘分，当时大家都买，我就凑热闹，买了一对情侣表。

说着，丁友刚亮出自己的手腕，与那块坤表并在一起，闪闪发光，似阳光照射下的铁力士雪山。

丁友刚注意到"女妖"的手腕上空空的，说：我帮你带上吧。

表带是牛皮的，有扣眼，丁友刚反手为"女妖"戴上，多少有些费劲，不知不觉间，俩人距离就挨得很近。丁友刚脑袋一热，趁势把"女妖"揽入怀里。"女妖"有些反抗，但又不是使劲地反抗，"反抗"的象征意义大于实际意义。正当丁友刚就要得手之际，"女妖"突然把自己的嘴唇凑近丁友刚的耳朵，丁友刚的耳根微微感到温热，却听"女妖"说："我还是处女。"

啊？！

丁友刚本能地往后退却一些，端详起"女妖"。

这怎么可能呢？

丁友刚立刻想起"女妖"在 QQ 上说的那些话，想起他最大的担心就是"女妖"将来给他戴"绿帽子"，这么年轻的 30 多岁的成熟女人，像一颗成熟的水蜜桃，怎么可能还是处女？怎么什么话都敢讲的"女妖"却偏偏是处女？

丁友刚不信。可再看"女妖"，完全不是开玩笑的样子，满脸通红。这好像不是装的，估计也装不来。

不管是真是假，已经到了这个份上，开弓没有回头箭，不管"女妖"是纯洁的处女还是风骚的妖女，丁友刚都一定要把有些事进行到底。

丁友刚开始热吻"女妖"的脸颊。"女妖"的脸颊居然比丁友刚的嘴唇还热。

他吻"女妖"的嘴唇，竟然感觉"女妖"的"嘴唇"有些微微颤抖，这更不是装的。

当他亲吻"女妖"最隐蔽部位的时候，他想起如今到处盛行的所谓"处女膜修复手术"。但他最终还是相信"女妖"确实是处女。不是因为处女膜完整，而是当丁友刚最后"冲刺"时候"女妖"的表现。

"女妖"表现得非常配合、非常渴望，可身体却不由自主地退缩，与菁菁的麻木不仁和售楼女孩的积极迎合都不一样，估计，这种"临床表现"是装不来的，也不是任何医院或私人诊所通过所谓的"处女膜再造术"能够伪造的。关键是，"女妖"竟然没有要求丁友刚采取任何避孕措施，这让丁友刚相信，理论上非常"流氓"的"女妖"，实践知识确实可能等于零。

不早不迟，恰在此时，丁友刚的手机响了。

是一个陌生号码。

丁友刚不打算接的。又担心"女妖"怀疑他有什么见不得人的事，接了。

能是谁呢？

"张张华"？不可能这么快就打电话来吧？如果是，说明"张张华"太不懂事了，丁友刚就不打算认这个朋友，用一句"你打错了"搪塞。

"良家妇女"？也有可能，因为他在对方的空间里几次留了自己的电话号码。但不会这么巧吧？等了这么多天不见人影，自己刚刚和"女妖"擦出"火花"，她就突然冒了出来？

"你姓丁吗？"

一个男人的声音。一点礼貌都没有。

谢天谢地，不是女的。丁友刚没做任何亏心事，不怕。并且故意把手机离开自己的耳朵，故意让"女妖"听得见他们对话，然后，不卑不亢地回答："是。"

"你还想活吗？"

男人的声音像土匪。

丁友刚："你说话客气点。你是谁啊，打错了吧？"

"没打错。找的就是你。警告你，少勾引我老婆！"

丁友刚看一眼"女妖"，指一指手机，用口型问"女妖"："你老公？"

"女妖"摇头。

也是，"女妖"还是处女，哪来的"老公"？

丁友刚："谁是你老婆？"

男人凶狠且理直气壮地回答："良家妇女！"

丁友刚一下子没有反应过来，心里想，谁老婆都是良家妇女，不是良家妇女难道是风尘女子？老婆是良家妇女值得炫耀吗？等他反应过来，再看"女妖"，"女妖"已经朝洗手间走去，留给丁友刚的，是一个婀娜的圆润背影。